인격예술

인격예술

붓으로
금기를 깨는
예술가가
전하는
삶의
카타르시스

글·글씨
윤영미

나비클럽

서여기인

　나는 서예가다. 서예는 글씨 예술이다. 내가 가장 오랫동안 끈질기게 하고 있는 짓이 붓을 잡는 일이다. 나는 붓 한 자루로 세상과 소통한다.

　붓을 들면서부터 '서여기인書如其人'이라는 말을 어렴풋이 알게 되었다. '글씨가 곧 그 사람이다'는 뜻이다. 글씨를 천직으로 여겨 쓰고 있으니 일생에 그림자처럼 따라다니는 말이다. 서여기인을 마주하면 심장이 쫄깃해지고 몸은 경건해진다. 객기에 휘두르는 붓이 점점 무서워지기 시작했다.

글씨에는 오롯이 나의 생각과 의식이 그대로 담긴다. 무언가를 쓴다는 행위는 내가 가장 좋아하거나 원하는 것을 쓰는 것이다. 먹물을 붓에 듬뿍 실어 붓끝으로 써 내려가는 희열은 그 어떤 감정보다 상위 감정이다. 아름다운 곳을 여행하는 것보다도, 맛있는 음식을 먹는 것보다도, 설레는 사람을 만나 눈빛을 교환할 때보다도 글씨를 쓸 때 나는 더 뜨겁다. 머리, 가슴, 손끝으로 내려오는 집중력으로 점을 내리찍고 획을 긋고 글자를 써 내려가니 여운이 꽤 오래가는 감정선이다. 오롯이 그때의 감정을 붓끝에 싣는다. 이것을 어떻게 서여기인이라 하지 않을 수 있겠는가. 예술에 인문까지도 담아내고 있는 것이 바로 내가 이토록 사랑하는 글씨 예술이다.

글씨가 곧 나이기에 나는 붓을 잡는 순간부터 부끄러움에 아득해진다. 벌거벗은 나를 사람들 앞으로 던져 놓은 기분이 든다. 마음이 평화롭지 않을 때 함부로 붓을 잡지 않겠다 다짐하기도 했고, 내가 써 놓은 글씨 앞을 지나가려 하지 않았던 적도 있었다. 사람들이 나의 예민함을 바라볼 것만 같았다. 글씨 속에 내 욕심도 들어있을 테니 알아채는 이들이 분명 있을 것이다. 내가 힘들었던 지경까지 엿보고 있을지도 모를 일이다.

한편 다른 사람들에게 보여지는 글씨로 관음증 환자처럼 그들의 반응을 살피는 내가 있었다. 글씨가 나였기 때문이다. 붓으로 쓴 내 글씨가 어느 순간부터 매력적인 저항이라는 것을 깨닫게 되었다. 그렇다. 나는 매일 저항하며 살고 있다. 삶이라는 것은 매일매일 기존의 것에 대한 반항이다. 남과 같은 방향을 싫어했고, 그들이 누리는 행복한 세상에 동의하지 못하는 경우가 많았다.

글씨는 지문처럼 사람마다 다르다. 선생의 글씨를 따라 쓰지만 느낌은 비슷해도 똑같지 않다. 다르다는 것은 위로가 된다. 틀린 사람이 없다는 것이다. 그래서 나는 선생의 글씨를 그대로 따라 똑같이 쓰게 하는 서예 교육방식을 좋아하지 않는다.

사람들은 주변에 돌아다니는 읽지 못하는 한자투성이 글씨를 가리키며 나에게 묻곤 했다. 어떻게 읽나요? 무슨 뜻인가요? 쉽게 읽어 낼 수 없는 이국의 언어를 서예가에게 물어 온다. 그림을 마주할 때와는 분명 다른 언어지만 그들에게 한자는 그림과 마찬가지였다. '좋다, 나쁘다, 맘에 든다, 멋지다'는 말들은 절대 오고가지 않는다. 또 사람들은 조심스럽게 나에게 물었다.

"이 글씨는 어때요? 잘 쓴 글씨인가요?"

"이 글씨 유명한 사람이 썼나요?"

젊은 시절 내 눈에는 잘 쓴 글씨와 못 쓴 글씨로 나뉘었다. 누구의 글씨인지가 먼저 보였다. 그리고 그 글씨를 칭송하거나 비난했다. 비평하기를 주저하지 않았고 내가 알고 있는 서예 이론을 갖다붙여 가며 몹쓸 지적을 했다. 필법이 어쩌고 장법이 어쩌고 다른 사람의 글씨를 낱낱이 해부했다. 참 어리석은 시절이었다.

지금은 숨을 한번 고른다. 고개를 갸우뚱하며 묻는 그가 고맙고 관심을 주는 그 사람이 사랑스럽다. 이젠 누가 다가와도 다정해졌다. 사람의 온기부터 먼저 챙기고 글씨로 눈을 돌린다.

나는 글씨의 곧고 바름이 아니라 글씨의 격格을 말하고 싶었다. 특별하게 숨이 멎을 것 같은 훌륭한 글씨가 아니라면 "고졸한 느낌이 좋네요.", "질박하고 담박합니다.", "기운생동하고 세련되었습니다." 내가 사용할 수 있는 온갖 언어를 총동원하기에 바쁘다.

나이 들수록 '서여기인'을 더욱 절감하기에 남의 글씨를 함부로 평가하고 싶지 않다. 글씨만큼 먼저 사람을 바라보는 습관이 생겼다. 붓 다루기가 일필휘지인 어느 서예가의 인격이 사나워 글씨의 매력이 사라져 버리는 경험을 하기도 했다. 서예를 깊게 공부하지 않은 사람의 글씨를 평가해 달라고 오면 나는 글씨에서 느껴지는 성품을 이야기한다. 사람들은 내가 잘 모르는 사람의 글씨를 보고 어떻게 그 사람됨을 알아냈는지 신기해한다. 서예가 그런 예술이기 때문이다.

나는 마음이 번잡하거나 누군가가 미울 때는 붓을 잡지 않는다. 서예는 단순히 글씨를 잘 쓰는 기술이나 기교의 행위가 아니라 인격을 담는 예술이다. 아름다운 작품에 인품이나 학문의 깊이까지 느껴지면 보는 순간 나는 빠져든다. 문자향이 깊었던 어느 선인의 대나무 그림을 보고 박물관 문이 닫힐 때까지 깊은 탄식으로 그 자리에 서 있던 적이 있다.

서書여기인. 시詩여기인. 화畵여기인. 문文여기인. 농農여기인. 글씨든 시든 그림이든 글이든 농사든 세상에 이보다 더 정확한 말을 찾지 못했다. 그것이 그 사람일 수 있을 때 깊은 존경심을 갖게 된다.

나의 좌우명은 서여기인이다. 붓 한 자루로 나를 보여 줄 수 있을 때 세상에서 가장 최소한의 언어로 소통할 수 있는 사람이 되었다.

차례

2. 금기를 깨면 편안해진다

3. 아무도 가지 않는 길이 내 것이다

4. 고독하기에 자유로울 수 있다

1. 무엇을 위하여 삶을 견디는가

〈몰입〉, 35×45, 2023

벼루에 먹을 가는 시간

나는 작품 하나를 완성하기 위해 시동 거는 시간이 제법 걸린다. 붓을 드는 순간부터는 금방이겠지만 그 직전까지는 온통 글씨 생각을 머리에 올리고 산다. 밥을 먹을 때도, 차를 마실 때도, 누군가를 만날 때도 머릿속은 다른 회로가 작동된다. 몸과 머리는 서로 다른 세상을 산다. 내 머리는 온전히 화선지 한 장의 노예가 된다.

어느 날 잠시 어디를 다녀올 일이 있었는데 동석자가 코로나에 감염되었다. 함께한 친구의 코로나 확진 소식을 듣자 나로 인해 2차, 3차 미칠 여파가 두려워 검사를 받고 결과를 기다리며 하룻밤을 뜬눈으로 보냈다. 다행히 음성이라는 문자가 떴고, 안도의 한숨과 함께 주변을 정리하기 시작했다. 밀접 접촉자의 자가격리다. 보건소에서 보내오는 물품과 문자들, 그리고 함께 가슴

졸였을 지인들과의 통화를 끝내고 격리된 공간 안에서 할 수 있는 일들을 기억해 냈다.

차일피일 미뤄 왔던 작업을 꼼짝없이 시작해야 할 시간이다. 갇힌 공간에서 가장 자유로워야 하는 작업을 해야만 한다.

이제부터 먹을 가는 시간이다. 벼루에 물을 넘치도록 가득 부었다. 먹을 돌렸을 때 옆으로 넘치지 않을 만큼의 아슬아슬한 경계를 계산했다. 서예가로서 내가 가장 욕심스러운 순간이다.

시계 반대 방향으로 먹을 천천히 돌리다 보니 서예 선생이었던 적이 떠오른다. 세상이 점점 바뀌고 빨라지면서 먹을 갈아 쓰기보다 상하지 말라고 아교가 잔뜩 섞인 먹물을 사용하는 추세다. 서숙書塾에서는 국적이 다른 먹물통이 테이블 위를 점령했었다. 시간이 없다는 요즘 사람들은 도를 닦듯 갈아야 하는 먹보다 선생의 체본體本 한 장이라도 빨리 더 받고 싶어 했다. 먹을 가는 일이 점점 드물어졌다.

나는 먹 가는 행위를 주술처럼 즐긴다. 내가 가장 착해지는 시간이다. 먹을 갈면서 우주의 중심을 내 축에 맞추어 이동시킨다. 먹을 갈고 있으면 심장이 차분해진다. 흡족하게 잘 갈린 벼루 속 먹물은 쌀이 가득한 독보다 풍요로운 기분을 준다. 적당히 잘 갈린 먹물은 화선지에 떨어질 검고 차가운 순간을 기다린다.

반복을 좋아하지 않는 기질이지만, 유일하게 즐기는 반복이 먹을 가는 일이다. 적당한 속도로 둥글게 팔을 돌린다. 내 감정의 리듬을 맞춰가며 돌리고 있는지 모른다. 멈추려 하지 않는 관성이 붙으면 팔은 무의식적으로 돌고, 머릿속은 깨끗하게 비워진다. 무아無我지경이 찾아온다. 무당이 신내림을 받고 뛰고 있는 모습이 겹쳐진다. 반들반들하게 먹으로 벼루를 연마하듯이 생각의 응어리를 갈고 있었다. 누군가가 부드러운 손으로 나를 만져주고 조금씩 나는 순한 어린아이처럼 온순해진다. 벼루 바닥이 훤히 보였던 맑은 물이 점점 검어지더니 제법 먹물로서의 이름값을 하려 한다.

자가격리 처음 이틀 동안 하루 종일 먹만 돌려 댄 것 같다. 바닥이 닳아 거의 제 역할을 상실한 벼루를 꺼내길 잘했다. 오랜 시간 돌려도 쉽게 진해지지 않는 벼루가 고맙다. 복잡한 마음이 온 육신에 가득할 때 묵향은 위로가 되었고, 불안한 생각을 끊어 내는 것은 단순한 반복이었다.

먹을 간다는 것은 생각을 돌리는 일이다. 운동선수는 뛰기 전에 준비운동을 한다. 요리사는 재료를 준비하면서 만들어질 요리를 상상한다. 검객이 칼을 갈 듯 서예가는 먹을 갈면서 붓의 움직임을 미리 읽어 낸다. 장편을 집필하려 스스로 쇠창살을 채우던 어느 소설가의 단절을 기억해 내고, 바깥세상을 떠돌아다니며 붓을 멀리했던 나의 무거운 어깨를 되돌아본다.

오래된 벼루에서 먹을 돌리며 나를 위로했다. 자신이 가장 자기다울 수 있는 시간, 나를 중심으로 세상이 재편되고 확장되는 몰입. 이 몰입의 경지가 주는 충만함보다 더 큰 보상을 나는 아직 모른다.

〈아무런 거리낌이 없는〉, 35×45, 2023

패기가 모든 것의 시작이다

서예가로 사람들 앞으로 나온 이후 처신이 내 의지대로 되지 않았다. 복잡한 관계가 잦아졌다. 사랑을 쏟아붓고 싶은 사람을 만나기도 했다. 긴 시간을 아슬아슬하게 외줄타기 곡예하듯이 보내기도 했다. 사람들 속에서 나는 많은 이야기를 쌓아 가고 있었다. 그 이야기 한가운데 서서 나는 몹시 흔들렸다. 하루의 끝자락에 서서 온갖 상념을 짊어진 수도자가 되어 이 생각 저 생각에 허무한 소설을 써 댔다.

깊은 밤 조용히 집을 나와 작업실의 불을 밝혔다. 글씨 쓰는 여러 개의 테이블과 책꽂이가 전부인 열 평 남짓한 작업실이다. 온통 한자투성이 30년 묵은 책들이 수집광 책꽂이에서 어두운 방을 지키고 있다. 대학 시절 한 권씩 사 모은 서예 관련 책들이다. 오래된 책 냄새가 묵향과 뒤섞여 더 진하게 느껴진다. 습관적으로 가운뎃손가락은 책꽂이를 천천히 따라가다 멈추어 섰다.《채근담茶根譚》이다.

요즘은 예전처럼 집집마다 가훈 액자를 찾아보기 힘들다. 나는 훈계하듯 벽에 걸린 글귀를 무척이나 싫어했다. 잔잔히 심장으로 파고드는 속삭임 같은 언어를 붓으로 전달하는 서예가가 되고 싶었다. 글씨가 예술이 되고 글귀가 예술이 되는 작품을 걸어 놓고 싶다. 사람은 자기 심장 온도와 비슷한 글귀를 좋아한다. 자기의 이야기나 간절함, 기쁨, 지금 바라보는 방향을 되새길 수 있는 것을 찾는다.

《채근담》을 넘기다가 멈춰선 페이지에서 바로 붓에 먹물을 듬뿍 묻힌다. 이것은 내 의지가 아니라 홍자성 선생이 나를 유혹한 것이다. 붓을 들어 한 자 한 자 흰 화선지를 채웠다.

以我轉物者이아전물자 得固不喜득고불희,
失亦不憂실역불우 大地盡屬逍遙대지진속소요.

스스로 사물을 부리는 이는 얻었다 하여 기뻐하지 않고,
잃었다 하여 근심하지 않으니 대지가 다 그의 노니는 곳이라.

소요逍遙는 '자유롭게 이리저리 슬슬 거닐며 돌아다니다'라는

뜻이다. 아무런 거리낌이 없는 소요를 좋아하는 내가 번잡한 이야기들에 붙들려 자유롭지 못했다. 소요를 쓰기 시작했고 '이만한 호연지기가 어디 있을까.' 중얼거렸더니 잃었던 패기가 다시 일어나고 근심했던 일들이 안개처럼 사라졌다.

나의 붓이 무서울 때가 있다. 간혹 지나치는 사람조차 주저앉게 만드는 것을 쓰고 싶다는 강렬한 허기에 시달린다. 생각의 밑바닥에 가라앉아 있는 침전물조차도 붓끝으로 끄집어낸다.

늦은 밤 만난 '소요'라는 두 글자는 나를 조금 떨어진 거리에서 비춰 주는 거울이었다. 갇혀 있던 곳에서 나를 끄집어내고 여유로운 기운을 불어넣는다. 굳어 있던 마음을 부드럽게 펴 주었다. 살아내면서 평상심에 도달하려면 얼마나 많은 마음을 버려야 할까.

며칠 동안 집에 들어가지 못하고 작업실에서 밤을 새웠다. 잠을 쫓으려 욕실로 들어가 얼굴을 씻고는 물기를 닦지 않은 채 가만히 거울을 들여다보았다. 쳐다본 적이 까마득한 여자가 거울 안에 있었다. 잠시 뚫어지듯 서로를 응시했다. 밀폐된 욕실 안 따뜻한 공기가 무거운 피로를 만져 준다. 아, 포근하구나.

깊은 눈가 주름은 웃고 울고 화내는 나의 감정선 덕분일 것이다. 멈추지 않고 뛰고 있는 심장박동만큼이나 내 신체 부위에서 가장 쉴 새 없는 것이 눈가다. 문득 누군가가 '순원筍園'이라는 나의 호에 장난처럼 던진 말이 생각났다. '순원, 너의 값어치는 얼마냐?'

순원의 값은 '순원'이라고 말했다. 값어치를 매기는 모든 숫자의 마지막이 순원이라고 했다. 모든 숫자 마지막에 순원이 있다고 말하고서 나는 정신이 번쩍 들었다. 어느덧 30년 넘게 서예가로 살아온 세월이 스쳐 지나간다. 울고 웃던 그 시간들이 순원이라는 이름값에 실려 작품 값으로 오고가는 지경에 이르게 했다. 그 시작의 출발점은 '소요'의 문장들에 감응했던 패기였다.

가두려 하지 않고,
얽매이지 않고,
같아지려 하지 않고

대학 시절,《고문진보》를 넘기다가 곽탁타에 대한 글을 발견하고 무릎을 쳤다. 30여 년이 지난 지금까지도 소중하게 간직하는 글이다. 당송팔대가로 유명한 유종원의 〈종수곽탁타전種樹郭橐駝傳〉이 그것이다.

  등이 낙타처럼 굽어 곽탁타라 불리는 나무 심는 사람이 있었다. 모두가 앞을 다투어 자신의 정원수를 맡기길 원했다. 그가 심은 나무는 잎이 무성하고 열매가 좋았다. 그를 엿보고 따라하지만 다른 사람들의 나무는 그와 같지 않았다. 사람들이 그 이유를 물어 곽탁타가 대답하기를 "나무의 천성을 잘 따르고 본성이 잘 발휘되게 할 뿐입니다. 처음 심을 때는 자식 거두듯 하지만 자랄 때는 버린 듯이 하였습니다. 다른 사람들은 나무를 좋게 하려고 뿌리를 구부리고 흙을 바꾸며 북돋음에 지나치거나 모자라게

합니다. 나무를 사랑함에 지나치게 은혜롭고 걱정함에 지나치게 부지런합니다."

어느 관리가 와서 곽탁타에게 "그대의 도를 관청에 옮기는 건 어떻겠느냐"라고 물었다. 곽탁타는 조심스럽게 대답했다. "주위를 지켜보니 명령을 번거롭게 내리기를 좋아하여 독촉하고 종용하니 백성을 무척 사랑하는 것 같지만, 그것이 끝내는 병들게 하고 시들게 하여 화를 부르는 것을 보았습니다." 이에 관리는 나무 키우는 법에서 사람 다스리는 법을 알게 되었다. 그 일을 전하여 관의 경계로 삼았다 한다.

억지로 해서는 나무 한 그루도 성장시키기 어려운데 사람은 말해 무엇 하겠는가. 사람의 성장은 본성을 억지로 가두지 않고 스스로 감탄하고 탄복하여 마음의 빗장을 열 때 가능하다.

돌아보면 나도 그러했다. 나의 아이도 그랬고 수많은 나의 제자들도 그랬다. 무엇보다 사람과의 관계도 이 이치와 다르지 않다. 살면서 가장 어려운 것이 타인과의 관계다. 사랑받지 못할까, 인정받지 못할까, 혹여 미움받을까, 사이가 멀어질까, 전전긍긍 애달아한다. 나만 애쓴다고 되는 것이 아니기에 더 어렵다. 예술도 마찬가지다.

첫 개인전에 '종수곽탁타전'을 여덟 폭 모시에 적어 전시회를 열었고 이 작품만은 판매를 거두어 내가 소장하고 있다. 간섭받는 것은 질색하니 간섭하기를 싫어하고, 얽매이는 것을 싫어하니 타인의 자유를 구속하지 않는다. 사람을 사랑하기에 부지런하지 않으니 나 또한 다른 사람의 무관심에 서운하지 않다. 간혹 이기적이라는 말을 듣지만 적절한 거리 두기로 피곤하지 않고 삶이 부드럽다. 굳어 있는 삶은 죽은 삶이다.

나는 곽탁타에게 묻는다. "예술가의 이치를 나무 심는 것에서 배우고 싶습니다." 곽탁타는 이렇게 말할 것이다. "가두려 하지 말고, 얽매이지 않고, 같아지려 하지 말고, 자유롭고자 하는 천성을 지키어 본성을 잘 발휘하고자 한다면 좋은 창작물이 나오지 않겠습니까."

〈가두려 하지 않고 얽매이지 않고 같아지려 하지 않고〉, 35×45, 2023

〈텅〉, 35×45, 2023

여백을 즐긴다는 것

대화를 나누다 보면 자기를 한없이 설명하는 사람이 있다. 자기 이야기만으론 모자라 주변까지 끌어와 자기를 이야기한다. 어떻게든 자기를 어필하려는 의지가 대단하다. 그런 사람과 마주하면 나는 내 귀한 시간에 그의 모든 학연, 지연, 혈연까지 다 듣고 앉아 있어야만 했다.

가끔은 거침없는 성격의 나는 단호하게 말한다.

"제가 알 필요가 없습니다. 이젠 멈춰요."

그를 만났고, 그 사람과 함께하고 싶어 차를 마시고 눈을 맞추었다. 그렇지만 어느 순간 나는 그 사람과 함께 있는 것이 아니라, 모르는 사람들과 함께 앉아 있는 기분이 들 때가 간혹 있다. 몹시도 무례했다.

사람들은 자기 창고를 보여 주고 싶어 한다. 온갖 연줄에 얽힌 그들은 대단했고 그 연들이 삶을 매우 윤택하게 만들어 주기에 부족함이 없을 것이다. 책에서 밑줄 그었음직한 어떤 이의 명언 같은 대화는 나를 더욱 지루하게 만들었다. 더한 놈을 만났다고 생각했다. 가까이 있는 가족과 지인보다 이 사람은 유명한 철학자와 시인과 정치인들을 화제에 담을 수 있는 굉장한 지인층을 보유하고 있었다. 그의 대화 중에 항상 그들이 함께했다.

나는 알고 싶지 않은 정보가 무차별적으로 들어오는 게 달갑지 않다. 필요 이상의 정보가 머릿속으로 들어오면 나는 숨이 막혔다. 차라리 서로 바라보는 조용한 침묵도 나쁘지 않다고 그 사람에게 말했다.

간단한 담소자리에서조차 꽉 채워서 자기를 설명하고 있는 사람을 마주 대할 때마다 나는 머릿속을 하얗게 비워 버린다. 축지법을 쓰는 사람의 기공처럼 머릿속에 여백을 늘리는 묘수를 부리고 있다. 텅, 텅, 텅, 텅. 그래, 여백은 나의 전공 분야였지.

여백이 있어야 그림을 그리거나 글씨를 쓸 수 있다. 사람도 마찬가지다. 여백이 있는 사람에게 고민을 이야기하고 조언을 원한다. 빈틈없이 채워진 사람에게 다가가 그의 빽빽한 머리에 또다른 고민을 구겨 넣고 싶은 생각은 추호도 없다. 여백을 부족함이라 생각하는 사람은 하수와도 같고, 여백을 뭐든지 받아들일 창고라 여기는 사람이 고수가 아니겠는가.

서예가의 흰 화선지, 화가의 흰 캔버스, 작곡가의 음표 하나 그려지지 않은 오선지, 수필가의 칸칸이 비워진 원고지는 분명 그들에겐 무한한 창고일 것이다. 여백을 바라보고 있노라면 나는 그 공간을 누비며 내가 온전히 운용할 수 있는 부자가 된다.

여백은 무엇이든 채울 수 있는 여유이다. 여백은 기력이 높은 사람만이 온전히 즐길 수 있는 자신감이기에 나는 여백이 있는 사람을 좋아한다. 그들은 담백하면서도 충만한 재료들로 장전되어 있다.

가득 채워서 들여놓아야만 하는 잡화점의 주인이 아니라, 백지의 화선지를 마주하는 사람이 되어 참 다행이라는 생각이 들었다. 이런 마음의 호사를 누리려고 빈 화선지만 덩그러니 붓과 함께 펼쳐 두고 이리저리 들로 산으로 뛰어다니고 있는지도 모를 일이다.

〈꿈을 꾸었다〉, 35×45, 2023

수월해지면 천천히 갈 수 있다

"작품 한 점 부탁드립니다."

이때부터 머릿속은 온통 붓이 종이 위를 오가는 생각으로 헤어나질 못했다. 마른 붓을 써야 거친 맛을 낼 수 있을까, 화선지는 번짐이 어느 정도가 좋을까, 짙은 묵으로 강하게 쓸까, 옅은 묵으로 부드럽게 쓸까, 답답하게 공간을 채우지 말고 글씨에도 여백을 주어야지. 그 공간에는 밝은 액자가 더 잘 어울리겠지. 그러고는 붓을 가져가 화선지 수십 장을 버려가며 써 댄다.

한참을 붓과 씨름하다가 작품이 완성되었다. 하지만 전혀 마음에 들지 않는다. 다시 시도하고 또다시 붓질하고…. 작품 한 점, 전각 한 점 하는 것이 스트레스가 되었던 적이 있었다. 밤을 지새운 적이 한두 번이 아니었다.

"선생님, 작품 한 점 부탁드립니다."

이제 나는 한 점의 작품을 연습 없이 화선지에 올린다. 하나에 하루 정도 걸리던 전각 새김도 두어 시간이면 가능할 정도로 칼을 붓처럼 사용하게 되었다. 많은 작업량과 수차례 개인전을 치르면서, 하고 있는 모든 작업이 점점 수월해지기 시작했다. 쉽게 붓을 들었다. 순간적인 느낌이 최고라고 여기며 붓을 대고 칼을 잡았다. 금세 한 점이 완성되었다.

"작업시간이 당겨지면서 이제는 많은 것들이 수월해졌어요."

어느 날엔가 자신의 일로 일가견을 이루신 분과의 자리에서 나는 이렇게 말하고 있었다. 그는 젊은 서예가의 앞으로 행보를 응원하시며 자신 또한 최선을 다해 전력질주한 것이 실력이 되었고, 어느 단계까지 오르고 나면 좀 더 수월하여 모든 것이 의도하지 않아도 돌아간다고 말해 주셨다.

"그게 제가 바라는 지경地境이었습니다."

긴장되는 인터뷰도 자주 하다 보니 수월해지고, 강연과 강의도 스트레스를 받지 않는다. 작품 작업도 한결 수월해졌다. 애써 힘쓰지 않아도 결과가 당겨졌다. 수많은 반복은 실력과 더불어 '프로'라는 딱지를 붙여 주었다. 공황장애와 같은 긴장감이 너무 싫어 다시는 하지 말아야지 다짐하지만 여전히 멈추지 않고 계속하고 있었다. 점점 당겨지는 그 쾌감을 알아 버렸기 때문이다.

"이젠 천천히 가고 싶어요."

얼마나 간절했는지 모른다. 어쩌면 애쓰는 번거로움을 버리고 좀더 쉽게 가고 싶은 욕망 때문이었는지도 모른다. 반복이 당김 이라는 것을 깨닫게 되었다. 세상이 아무리 빠르게 변해도 나는 조금 천천히 갈 수 있는 여유가 생겼다. 그동안 견뎌 온 시간이 가져다준 보상이다.

나의 작업실은 새벽까지도 늘 환하게 불이 켜져 있었다. 내가 걱정스러웠는지 지나가는 사람마다 너무 무리하지 말라고, 그러 다 건강을 잃을 수 있다며 걱정 한 바가지씩 쏟아부었다. 전각 도 장 새기는 작업으로 달고 사는 어깨 통증 때문에 덕지덕지 붙여 진 파스를 보며 염려의 말을 건넸다. 만나는 사람마다 벌려 놓은 작업의 한계치보다 나의 일신一身을 살피라며 자꾸만 잔소리를 늘어놓는다. 고마운 감정이 어느 순간부터는 짜증으로 변하기 시작했다.

나를 걱정해 던지는 말이 싫었다. 걱정한다고 그 걱정이 없어 지는 것이 아니다. '기쁨은 나누면 배가 되고 슬픔은 나누면 반이 된다'는 말에 나는 동의할 수 없다. 아이가 학교에서 시시콜콜 친 구나 선생님의 부당함을 말하며 분노에 차 있어도 나는 듣기를 원하지 않는다. 네가 해결하거나 견디라고 했다. 나누면 반이 아니라 배가 되었고, 아이에게 네가 해결점을 찾을 수 없을 만큼 고통스러우면 말하라고 했다. 그때는 주변이 시끄러워지는 것조차 개의치 않고 나서겠다고 말했다.

　걱정스러워 던지는 말이나 힘들어하는 사람 옆에서 힘을 내라는 말이 참 우스웠다. 힘을 내라는 게 힘든 사람에게 뭐 그리 위로가 될까. 안타까운 일이 전해져 모두가 모인 단체 대화방에서 힘내세요, 힘내세요, 라고 뜨는 사람들 문자 속에서 나는 아무런 글도 쓸 수가 없다. 내 방식대로 한다면 그저 옆에 가만히 있어 주거나, 어깨에 살짝 손을 올려 주는 정도다. 힘든 사람에게는 딱 그 정도의 공감 거리가 필요하다. 옆 사람의 일상적인 걱정은 에너지를 멈추게 하는 브레이크다.

　항상 꿈을 꾸었다. 죽을 것 같은 한계까지 정점頂點이라는 것을 찍어 보고 싶었다. 뛰고 있는 심장소리가 가장 정직하게 들리는 순간이다. 고비를 수없이 이겨 내며 정상에 오르는 등반가처럼, 몸을 혹사시켜 가며 어딘가를 오르고 싶을 때가 있다. 발이 게으른 사람이라 산도 아니고 길도 아니다. 무엇을 해도 행복하지 않을 때 나는 한계 이상의 목표를 정한다. 한계령限界嶺이라 스스로 명명해 놓고 나는 그것을 오르길 즐겼다.

불광불급不狂不及의 시간들.

내가 미치지 않으면 나는 미칠 수가 없었다. 다이어리에 빽빽하게 적힌 강연 일정과 글씨 작업에 밤을 새우는 일이 잦았다. 침침해지는 눈에 안경을 찾고 있다. 전각 돌에 칼날이 무뎌지도록 새기고 붓끝이 닳아 버릴 듯 글씨를 썼다. 점점 욱신거리는 관절마디가 칼을 한번 당길 때마다 연골이 사라지는 느낌이다. 연골이 사라져 뼈와 뼈가 부딪히는 상상을 했다. 관절을 사용하지 않고 팔 전체의 힘으로 칼을 당기니 어깨 통증으로 이어진다. 이러다 영원히 붓을 잡지 못하는 건 아닌지 두려워진다. 그럼, 그만이다. 무엇보다 지금 이 순간의 희열이 중요하다.

내 마음 내 몸이 가는 대로 힘껏 당겨 보는 것, 인생이 이거 말고 또 뭐가 그리 대단한 게 있겠는가. 나는 지금 여기에 있고, 내 손에 쥔 붓과 칼이 내가 돌파해야 할 가장 최선의 현실이다.

걷기를 즐겨 하던 어느 배우의 글을 보았다. 그는 우리가 각자의 영역에서 크고 작은 족적을 찍으며 하루를 견딘다고 했다. '견딘'이란 단어를 보았을 때 갑자기 눈시울이 뜨거워졌다.

그동안 나는 견뎠다. 나와의 투쟁이라는 말을 쓰고 싶지 않다. 나의 견딤이었다. 서예라는 세상에는 글씨만이 있는 것이 아니라 수많은 관계와 수많은 경쟁이 있다. 기존의 규율에 따르고 싶

지 않아 참 멀리도 돌아왔고 새로운 길을 만들고 싶어 낯선 무대
에서 견디고 견뎠다. 세상에는 어떠한 것도 헛으로 되는 일은 없
었고, 모든 게 헛되지도 않았다.

〈다시〉, 35×45, 2023

계절은 한 뭉텅이로 하룻밤처럼 지나가고

작업실 비밀번호를 꾹꾹 힘주어 눌렀다. 컴컴한 복도를 걷는 걸음이 무겁다. 다시 열쇠를 돌려 안으로 들어서니 미처 끄지 못한 노트북 불빛과 밤새 작업했던 묵향이 그대로 가라앉아 있었다. 3시간 전까지 작업 하다가 잠시 눈 붙일 겸 집에 다녀왔을 뿐이다. 새벽까지 작업하다 아침에 습관처럼 이곳으로 다시 돌아왔다. 끝이 보이지 않던 글씨 작업이 어느 정도 정리되면서 한숨을 돌려도 되지 싶었다. 붓을 들려다 벼루 위에 올려놓고 작업실을 나왔다.

차에 시동을 걸고 일부러 구부러진 국도를 달렸다. 두 눈 질끈 감고 다시 붓을 들어야 했는데 무엇에 이끌려 나왔는지 금방 후회가 되어 자꾸 뒤를 돌아보게 된다. 요란했던 벚꽃이 모두 떨어지고 새로 난 잎으로 밝은 연초록 세상이다. 가로수 잎들도 모두

인격예술

48

연초록이고 길가에 풀도 연초록이다. 지나가는 마을 어귀의 큰 정자나무도 가장 순한 초록이다. 먼 산에 나무들이 온통 연둣빛으로 몽글몽글하다. 앞다투어 잎사귀 물이 오르니, 봄은 가장 지고지순하게 솔직한 계절이 되었다.

연초록이 주는 행복에 탄성을 지르면서도 울컥 슬픔이 차오른다. 꽃이 그렇게 떨어지듯이 싱그러운 연초록 세상도 머지않아 눈 깜짝할 사이에 짙은 녹음으로 변할 것이다. 뙤약볕의 무더운 여름이 오고야 말 것이다. 꽃 피는 계절을 누려 보지 못한 처지였다는 걸 깨달았다. 이번 봄은 꽃이 피는 걸 보지 못했다. 모두가 설렘과 흥분을 토해 내는 봄, 나는 어두운 작업실에서 봄을 피하고 있었다.

구례 쪽에서 섬진강을 오른쪽으로 끼고 달렸다. 강 건너 하동이 나란히 따라 달린다. 길가에 매화나무 잎이 새침하다. 이른 봄부터 꽃 잔치로 떠들썩했을 길이 차분해져 있다. 새로 뚫린 큰 도로 덕분에 옛길은 더욱 한적했다. 잔치가 끝난 자리에 혼자 덩그러니 있는 것 같아 쓸쓸했다. 나는 어디까지 계속 달려야 할까.

다시 마음을 제자리에 놓으려 애를 썼다. 돌아오는 길에 샷을 추가한 진한 커피 두 잔을 주문했다. 오늘은 두 잔을 옆에 두고 욕심껏 마실 것이다. 창밖의 봄과는 어울리지 않게 조금 두꺼운 카디건을 꺼내 걸치며 아직 겨울이라 중얼거렸다. 화장기 없는 푸석 푸석한 얼굴에 도수 높은 안경을 쓰고 작업실로 다시 들어선다.

밤새 굳게 닫혔던 작업실 문을 열고 나왔다. 후욱 훅. 뜨거운 열대야의 여름밤이다. 지친 에어컨은 밤새 바람 소리를 내며 돌아가고, 나는 한동안 미루어 놓았던 글씨 작업을 마음 편할 만큼 풀어놓았다. 밤새 붓과 치열하게 다투었더니 여명이 짙푸르게 밝아 왔다.

얼굴에 부딪혀 오는 그리 덥지 않은 바람과 새벽 공기 냄새가 향기롭다. 어느 낯선 타국에서 여행자의 흥분으로 이른 잠에서 깨어 거리로 나왔을 때가 떠올랐다. 새벽이라 더욱 예민해진 감각이 상기시켜 주는 기억에 잠시 헛웃음이 나왔다.

차에 올라 옅어지는 어둠을 뒤로하고 한산한 새벽 거리로 나섰다. 나지막한 베이스의 톤처럼 밤새 차분해진 거리를 지나간다. 큰 도로를 사이에 두고 나란히 쳐다보는 유명 브랜드의 어느 빵집은 벌써 불을 밝혀 따스한 주황 불빛이 새어 나오고, 맞은편 빵집은 아직 불을 밝히지 않고 이스트를 숙성시키듯 어둠으로 숨을 죽이고 있었다.

아직 문이 열리지 않은 가게 앞에 터질 듯 채워진 종량제 봉투가 전날의 화려하게 분주했을 일상을 빼곡히 담고선 아무렇지 않게 누군가의 손길을 기다리고 있다. 어제 하루 내내 장렬했을 지친 일과를 쉬고 있는 듯 굳게 닫힌 문만큼이나 힘겨워 보였다. 저 문이 열리면 뜨거운 팔월의 태양이 작열하고 쉼 없이 또 하루를 달려야 하는 일상의 고단함이 다시 시작될 것이다.

화장기 없는 중년의 여자가 미리 와 기다리고 있는 승합차로 빠른 걸음을 재촉한다. 하루 벌이를 할 것 같은 나의 아버지를 닮은 남자가 가방을 메고 아무도 없는 첫 거리를 걷는다. 작은 가방이 무거워 보이고 처진 어깨가 좁아 보이는 남자는 새벽에 눈 비비고 일어나 아침밥을 거른 빈속으로 저리 터벅터벅 걷고 있을 것이다. 환하게 불 켜진 편의점 젊은 남자가 기지개 크게 펴고는 빈 거리를 멍하니 응시하고 있다. 허리 굽은 노인이 빈 수레를 끌고 골목길에서 마주한 길고양이와 눈싸움을 한다.

마을 입구에 들어서니 점점 날이 밝아 왔다. 밤새 피었을 노란 달맞이꽃이 풀벌레가 수다스러웠다며 지친 꽃잎을 포개어 수줍게 서 있고, 풀숲에 사뿐히 늘어진 분홍 나팔꽃은 밤새 접었던 꽃잎을 펼쳐 들고 아침을 맞이하고 있다. 달맞이꽃과 나팔꽃이 사람들의 일상만큼이나 닮아 있었다.

작업이 시작되면 늘 그렇듯 계절은 한 뭉텅이로 하룻밤처럼 지나가고 낮과 밤이 다르게 움직였다. 고도의 집중이 필요한 서예 작업은 모두가 잠이 든 고요한 밤에 한 점씩 완성되었다. 아무 소리도 들리지 않는 진공상태의 공기 속에서 나는 붓을 들어 글씨를 쓴다. 그리고 달맞이꽃이 그 잎사귀를 접을 때 붓을 놓는다.

〈당당〉, 35×45, 2023

근육은 마음보다 정직하다

자동차 바퀴가 조용히 멈추어 섰다. 도…르…르…르…르… 자갈 깔린 주차공간이 꽤나 길어 보였다. 시동을 끄고 숨을 한번 고르고는 손목시계를 쳐다보니 새벽 3시를 가리키고 있다. 별이 참 어지럽게도 박혀 있었다.

마을은 몇 년 전부터 공사가 한창이더니 이제는 제법 전원주택 단지가 되었다. 정원에는 주인의 취향을 닮은 꽃과 나무기 서로 다르고, 울타리는 아직 무성하지 않은 마삭이 틈을 보인다. 서른일곱 터를 잡고 이제 마흔여덟이 되었으니 나는 이곳의 터줏대감 노릇도 종종 하고 있었다. 이웃이 하나 둘 생겨나고, 간혹 한 번씩 돌아가며 숯불을 피우고 술잔을 나누었다.

뒷집 남자가 지나가다 물었다.

"새벽 3시에 들어오셨죠? 오늘은 무슨 일로 이렇게 일찍 들어

왔어요?"

"무슨 소리예요? 그걸 어떻게 알아요?"

"아이고, 새벽에 얼마나 용감하게 주차를 하시는데요. 새벽에 자고 있으면 도르르드드드드드드 끼익! 하고 아주 당당하게 들어오시잖아요."

"들려요? 이런! 얘기를 하셨어야지요."

"괜찮아요. 그때까지 일하다 들어오는 사람도 있는데, 덕분에 그때부터 저는 잠이 깨어 TV를 보고 있습니다."

어느 날은 건너 옆집 남자와 마주쳤다.

"선생님, 오늘 새벽 4시에 들어오셨죠?"

"그걸 또 어찌 알아요?"

"울 동네에서 그 시간에 마을로 들어오는 건 선생님 차밖에 없잖아요. 새벽에 상향등 켜고 얼마나 당당하게 들어오시는지… 자다가 길 쪽으로 난 안방 창문이 번쩍하고 환해지면 선생님 상향등 켜고 들어오시는 거, 자다가 지금이 몇 시쯤일까 시계 쳐다보는 버릇이 생겼습니다."

이제는 어두컴컴한 마을로 들어서도 상향등은 켜지 않는다. 곤히 잠들어 있을 그 남자네 창문을 쳐다보며 피식 웃으며 지나간다. 대문 앞 자갈 위에서는 나비가 앉듯 도르르르르르… 살짝. 더 이상 옆집 TV 불은 켜지지 않는다. 운전대를 놓자 자갈길에 조용히 주차하느라 힘이 들어간 근육의 긴장이 풀린다.

자정이 넘어가는 시간. 한동안 그 앞에 선 적 없던 부엌 싱크대에서 고무장갑을 끼고 세정제를 풀어 싱크대와 가스레인지 묵은 때를 벗겨 냈다. 아파트였다면 이 시간에 어림도 없을 거라고 혼잣말을 해대며 개수대 물을 시원하게 내려 보냈다.

집은 남편과 아들의 자췻집이나 다름이 없다. 새벽에 집으로 들어가면 두 남자가 음식을 해 먹느라 산더미처럼 쌓아 놓은 설거지거리가 눈에 들어왔지만 나는 또 다른 하루를 맞이하기에 바빴다. 눈에 보이는 싱크대 땟자국을 속 시원하게 닦아 내고 싶었지만 붓 잡는 손을 아끼고 싶었다. 손 근육에 힘을 주고 싶지 않았다.

때를 벗기고 광을 내니 이제까지 쓰지 않았던 근육들이 움직이기 시작했다. 어색한 근육의 움직임들로 묘한 희열이 느껴졌다. 얼마 전까지만 해도 개인전과 글씨 콘서트 준비로 손목과 손가락 근육 그리고 머리 근육만 한없이 움직여 댔다. 지금은 싱크대 위에서 단순히 상하좌우로 낯선 근육들이 움직이고 있었다. 어색하지만 쓰지 않던 근육의 움직임이 그 존재를 깨닫게 했다.

한동안 밤을 새워야 했던 탓에 불이 꺼지지 않았던 바닷가 작업실을 잠시 비우고 원래의 자리였던 제자들이 공부하는 도심 속 서숙으로 작업거리를 잔뜩 옮겨 놓았다. 접어야 하는 생각이나 마음을 바꾸는 데는 장소를 옮기는 것만 한 것이 없다.

　그동안 서숙은 낯설어져 있었다. 여전히 이곳은 나를 기다리고 있었고 모든 게 그대로였다. 거리는 상점과 커피가게 불빛으로 따뜻했고, 술에 취한 사람들과 식당에서 들리는 건배사가 흥겨웠다.

　제자들이 모두 빠져나간 서숙에서 또다시 불을 훤하게 밝히고 붓을 들었다. 장소를 바꾸고 보니, 내 몸의 근육은 이곳에서 만났던 수많은 인생과 이야기들을 기억해 내고 있었다. 예전에 사용했던 근육들이 미세하게 다시 움직였다. 새로운 곳이 아니라 정들었던 곳으로 다시 돌아오니 이전에 사용했던 근육들이 정직하게 움직이고 있었다. 근육의 기억은 마음의 기억보다 정확하다. 나는 내 마음보다 나의 근육을 믿는다.

이별은 과거의 나와 헤어지는 것이다

"서예원 선생이 젊은 여자래, 아직 이십 대라던데."

1999년 7월 스물여덟 되던 해 삼천포에서 서예원을 열었다. 2층 유리창에 서예 글씨가 가득 붙어 있는 건물 계단을 올라오며 사람들이 주고받는 말소리가 들렸다. 문에 들어선 사람들은 힐 긋힐긋 유리창에 붙여진 글씨를 쳐다보며 서예원을 눈으로 훑는 다. 나이 지긋한 어르신은 존칭어와 반말을 섞어 가며 어색해했 고, 지역 어른인 듯한 중년들은 차 한 잔 핑계 삼아 쉬이 나가려 하지 않았다.

무슨 이유인지 알고 있었다. 나는 큰 화선지를 펼치고 글씨를 써 보이고 바람에 흔들리는 대나무를 사군자 붓으로 쳤다. 이후 그들과 나는 스승과 제자가 되었다.

맞벌이 부모를 둔 아이는 서예원에서 자랐다. 학원 차를 타고 오는 아이를 앉혀 작은 손에 붓을 잡아 주고 부모의 퇴근 시간을 함께 기다렸다. 어릴 적부터 붓을 잡고 놀았던 아이는 전국으로 서예대회를 휩쓸며 다녔고, 반야심경을 한자로 쓴 8폭 병풍을 만들어 가족에게 선물했다. 독특한 성격 때문에 학교에서 왕따였던 소녀는 만화가를 꿈꾸며 일본으로 유학 갔다가 일본 서점에 진열된 자신의 첫 만화책을 들고 찾아왔다. 도공을 꿈꾸던 가난한 청년은 서예원에서 혼란스러웠던 청춘을 달래다 서울로 대학원을 가더니 성공한 도예가가 되었다. 지금도 가마에서 꺼내는 첫 그릇은 학원비를 내지 못했던 그때의 빚이라며 들고 찾아온다.

결혼한 지 얼마 안 된 나의 배가 점점 불러오는 것도, 아이가 태어나는 것과 자라는 것도 모두 함께 보았다. 서른과 마흔을 오가던 나의 제자들도 서예를 하면서 다들 자기 짝을 찾아갔다. 선생이 되고, 건축가가 되고, 군인이 되고, 예술가가 되고, 모두 자기의 길을 찾아갔다.

얼굴 한 번 뵌 적 없는 중년 제자들의 부모님 영전에서 함께 머리를 숙였고, 팔순 제자의 죽음 앞에서 눈물을 흘리기도 했다. 그들의 경사로 서예원에서 잔치가 벌어졌고, 안타까운 일이 다가오면 모두가 가슴 아파하며 위로했다. 20년 세월 동안 서예원에서 만난 인연들은 이곳을 자신의 고향이라고 가슴에 품어 주었다.

삼천포 번화가 골목에서 술집보다 더 늦게까지 불이 꺼지지 않았던 서예원. 개인 작업과 공부를 위해 서예원을 쉬어 가겠다고 하자 사람들은 추억의 공간이 사라진다며 아쉬워했다. 한여름 땡볕에 꽃무늬 양산을 쓰고 걸어오던 제자들, 삼삼오오 염색한 우리 옷을 곱게 차려입고 서예원 계단을 오르던 소녀 같은 제자들도 있었다.

세월이 흐르는 동안 사십 대 후반의 여자는 육십 대 후반을 넘긴 은발의 고운 여자가 되었고, 술 잘 사던 중년의 남자는 일흔을 넘기고 여전히 품이 넓은 사람으로 살고 있었다. 우리는 주름과 흰머리를 서로 세어 주면서 살아왔다. 이제는 그 제자들이 선생의 공부를 응원하며 염려하는 세월이 되어 있었다.

"순원 선생님도 벌써 흰머리가 생겼네예. 우짜몬 좋노. 우리 때문은 아니지예?"

20년 동안 가르치는 선생으로 살아오다가 뒤늦게 고독한 서예가의 삶을 시작하려는 나에게 나이 많은 제자들은 아쉬움을 전하며 눈시울을 붉혔다. 마흔여덟, 나는 외로운 길을 가기 위해 제자들과 헤어지고 있었다.

아무도 모르는 나의 공간

햇빛이 들어오지 않는 북향 서재 얇은 어둠 속은 온통 쿰쿰한 책 냄새로 가득히다. 금박 글씨가 박힌 두꺼운 자전字典과 한자로 가득한 문자들이 책장을 빼곡히 채우고 있었다. 작업실 서재를 옮겨야 하는 오늘은 종일 책과 씨름해야 한다. 준비한 노끈을 옆에 두고 먼지 묻은 책 모서리를 닦아 가며 꺼내 드니 책 무게만큼이나 추억의 무게도 한량이 없다.

20대 시절 자취방을 옮겨다니며 10여 년을 함께 떠돌아다니던 책들이다. 결혼을 하고 서예원에서 20여 년을 버텼다. 이젠 평생을 눌러앉을 나만의 작업 공간으로 떠날 채비를 하고 있다. 서예 전공 책이다 보니 평생을 함께했다. 이론이 되기도 하고 자료가 되기도 하고 사전의 역할을 하는 책들은 나의 애장품이다. 나에게 문방사우와 더불어 책은 문방오우의 으뜸이다.

대학 시절 집에서 보내준 용돈이 충분하지 못했다. 실기가 많은 서예과였기에 계속 써대는 재료들을 용돈만으로는 감당할 수 없었다. 붓과 화선지만큼이나 무서웠던 것은 두꺼운 책들이었다. 한 달 용돈의 반을 주고 사야 했던 화집이 내게는 사치였지만 몇 달을 할부로 갚아 가며 살았다. 재료비로 용돈을 다 써 버려 자취방 주인집 김치를 몰래 꺼내 먹었다. 졸업하고 인사하러 갔을 때 주인집에선 일부러 꺼내 먹으라고 내가 다니는 길목에 김칫독을 두셨다고 했다. 참 고마운 시절이었다.

가난했지만 공부만은 사치를 부리고 싶었다. 교수님으로부터 서예학원 강사 자리를 소개받고 수업이 끝나면 학원에서 서예를 가르쳤다. 자취방에서 새벽까지 서예과 입시과외를 하며 용돈을 벌었다. 버는 대로 두꺼운 전공 책을 수집하기 시작했다. 그 책들은 나의 적금통장이었다. 옮겨가는 공간마다 장승처럼 버티며 30년째 나의 든든한 '빽'이 되어 주었다.

책을 정리하다 보니 무슨 뜻인지조차 가물가물한 쪽지 글이 나오고 공부한다고 펜으로 따라 쓴 글씨가 끼워져 있다. 색색이 빛바랜 포스트잇이 페이지마다 붙어 있다. 작품 글을 찾아내기 위해 애쓰던 긴장감이 보였다.

책을 단정하게 정리할 겸 포스트잇을 빼내려고 페이지를 넘기니 한동안 무척 좋아했던 이태백의 시 한 구절이 들어온다. 봄밤

꽃 사이에 술 한 병 같이 마실 친구 없어 홀로 마신다는, 달 아래 홀로 술잔을 기울이는 그 남자가 보였다. 그때도 여전히 두보杜甫보다 이백李白을 더 사랑했다.

또 다른 한 권을 집어 들고 넘기니 누렇게 변색한 열차표가 나온다. 누구와 함께 이 낯선 조치원을 다녀왔을까 기억을 더듬었다. 휴학하고 갑자기 사라져 버린 선배를 찾으려고 한밤중 또 다른 선배와 급히 대구에서 밤 열차를 탔었다. 함께 열차를 탔던 그 선배는 졸업하고 몇 년 후 병이 깊어 저 세상으로 떠났다는 소식을 바람결에 들어야만 했다.

중국어로 쓰인 화론집 사이에 잠시 지냈던 산동성山東省 산동대학교 마크가 찍힌 쪽지가 나온다. 중국어로 쪽지를 주고받던 친구는 고향인 절강성浙江省 항주로 돌아가 학교 선생을 하고 있으리라. 사귐이 있던 그 해 춘절에 제남에서 항주로 내려가는 열차표만 매진되지 않았더라면, 지금쯤 대학을 졸업하고 소식이 끊겨 버린 그 친구의 고향 집을 기억해 자주 찾아가고 있을 것이다.

누군가가 책을 빌려 달라 하면 나는 단번에 거절한다. 책을 읽으며 맘에 드는 글귀를 발견하면 밑줄을 긋고 그때 느끼는 감정을 적는 습관이 있다. 나의 책들은 누구와도 공유할 수 없는 비밀스러운 일기장 같은 공간이다. 책 속에는 그때 그 시절의 내가 여전히 살고 있었다. 나의 은밀한 일상이 책 속에 아무렇지 않게 보존되어 있었다.

20년 동안 사람들과 함께 해온 서예원을 정리하면서 들여다본 책장. 많은 사람이 오고가는 와중에도 나의 역사를 간직한 채 세월을 견디고 있던 나의 책들. 사람들 속에서도 닳아 없어지지 않은 나의 고갱이가 그대로 이 속에 살아 있었다. 그것이 다시 나를 유혹했다. 그 속으로 다시 침잠하고 싶은 욕구가 강렬했다. 나는 아무 미련 없이 서예원을 닫고 나의 공간으로 들어가는 문을 열었다.

2. 금기를 깨면 편안해진다

〈그렇지만 마음껏〉, 35×45, 2023

인생의 진로를 변경하는 것보다 황홀한 자유는 없다

아침에 눈을 뜨며 배시시 혼자 웃었다. 이제는 시간 맞춰 일어나지 않아도 아무렇지 않고, 시간 맞춰 잠자리에 들지 않아도 괜찮은 사람이 되어 있었다. 이른 초저녁잠이 들었다가도 깊은 밤에 깨어서 해맑게 웃고 있었다. 새벽까지 무언가를 하다 잠자리에 누워도 입꼬리가 올라가는 웃음이 나왔다. 그래도 이상할 것이 없는 사람이 되어가고 있었다. 사람들과 이런저런 이야기를 한참 나누다가도 갑자기 혼자서 웃고 있었다.

스물이 되기 전 20년은 내 의지와는 다르게 부모와 선생을 따르며 살았다. 그 후 10년은 청춘의 패기로 살았고, 그 후 20년은 책임감으로 살아냈다. 나이 오십이 되었다. 오십이 되기 2년 전 어느 날, 나는 깊은 고민에 빠졌다. 인생에서 때마다 나이테를 굵게 둘렀던 것처럼 또다시 결단을 내려야만 했다.

부쩍 서예원 안에 있는 시간이 줄었다. 대학으로 출강을 시작했고, 바깥 강연이 많아졌다. 작품의뢰가 많아지면서 혼자만의 시간이 필요했다. 가르치는 일을 하면서 작가의 고민을 작품에 녹여내기란 쉽지 않았다. 어느 날 갑자기 내린 결정이었다. 내 삶에서 3, 40대를 다 보낸 서예원을 폐원 신청하고 돌아오는 길에 나는 여기저기 전화를 돌려 댔다.

"야! 이제 드디어 자유다."

다들 제정신이냐고 그랬다. 여전히 제자들이 오고 가며 평화롭게 공부하고 있는 공간을 없애 버린다는 것은 폭력이라고까지 했다. 나는 달아나던 자유를 찾았고 제자들은 철없는 선생 때문에 배움터를 잃어버렸다.

지금 당장 놓지 않으면 평생 내가 만들고 있던 울타리가 더 견고해져 쉽게 무너뜨릴 수 없다. 단칼에 끊어 내지 않으면 울타리는 더 안온하게 나를 감싸고 그 안에 나를 가둘 것이다. 복잡할수록, 마음이 약해질수록 한 번에 단행해야 한다. 나는 나이 오십이 되기 전에 방아쇠를 당겨 버렸다. 아침에 눈을 뜨고 습관처럼 가야만 하는 곳을 없애 버렸다. 그리고는 가만히 누운 채 강박과도 같았던 심장의 쪼임이 사라졌다는 걸 확인하고 웃었다.

머릿속을 가득 채우던 일정표가 사라졌다. 비로소 숨이 쉬어졌다. 이제는 내가 선택한 일들만 채우면 된다. 의무적인 일이 아닌 스스로 만든 일을 그 빈칸에 채우기만 하면 된다.

　인생에 진로를 변경해 버리는 것만큼 황홀한 자유는 없었다. 이제까지 살면서 가장 잘한 게 무엇이었냐고 묻는다면 첫째는 서예가가 된 것이고, 둘째는 40대 후반에 서예원을 폐원한 것이다.

　아무것을 하지 않아도 되는 그런 자유를 누리고 싶었다. 해야만 하는 것들이 일정표에서 지워지는 자유와 계획되지 않은 자유를 누리고 싶었다. 강박처럼 다가오는 완벽주의 같은 어설픈 놀음을 멈추고 싶었다. 숨이 멈춰 버릴 것만 같았다.

　몸이 가는 대로 살고 싶었고 마음 가는 곳에서 하루를 보내고 싶었다. 사람 속에 살지만 사람 밖에 살고 싶었던 몸, 어디론가 멀리 떠나고 싶었다. 매일 여행을 꿈꾸고 계획했다. 매일 낯선 사람들을 만나고 낯선 풍경들을 상상했다.

　여전히 가르치는 일을 하고 있고, 작업을 하고, 공부를 한다. 내 일상은 크게 달라지지 않았다. 그렇지만 마음껏 일상을 벗어날 수 있는 자유가 생겼고, 사람들을 마주할 자유를 누린다. 마음껏 글을 쓰고 어디론가 훌쩍 떠난다. 이제는 숨을 쉴 수가 있었다.

　'여전한' 것들에 '그렇지만 마음껏'이 일정표를 채우기 시작하고부터 내 인생에 꿈같은 평화가 찾아왔다.

〈어깨에 힘 빼〉, 35×45, 2023

단순하게 사는 게 복이다

서예가는 인간관계가 다른 예술영역보다 어렵지 않게 다양할 수 있다. 서예라는 게 학문이기도 하고 예술이기도 하니 그 중심에는 항상 사람이 있다. 다른 예술에 비해 일상예술이기도 하며 더욱이 사람들이 사용하는 문자가 서예의 도구라 대중과 밀접한 예술이다. 얼마 전에도 나는 혼서지를 써 새로 시작하는 젊은이의 결혼을 함께 지켜보게 되었고, 지인의 집 상량문을 썼으며, 해마다 입춘첩을 선물하기도 하였다.

스무 살 때부터 시작된 서예 붓과의 인연은 온갖 인간관계와 숱한 일들을 겪게 해주었다. 어느 순간 점점 단순해지는 게 복이라는 생각이 머리에서 떠나지 않았다. 선명하게 다가오는 네 개의 단어가 있다. 작업, 여행, 강의, 놀이. 네 가지 즐거움이다. 작업하고 여행하고 강의하고 놀이하는 삶. 내 인생의 2막이 시작되었다.

작업하는 삶. 서예가 최고의 낙이며 붓을 들고 있을 때 나는 가장 안전했다. 붓을 들었을 때 최고의 희열을 느낀다. 작업을 중심으로 많은 일을 가지치기했다. 일 년 동안 공부하고 작업하는 것으로 전시를 준비하고 목표를 정하니 인생의 군더더기가 사라졌다. 작업에 미치지 못하게 하는 수고로운 에너지를 군더더기라 생각하고 사양하기를 주저하지 않았다.

여행하는 삶. 작업하다가 불현듯 떠나기를 주저하지 않는다. 밤새워 작업하다가도 아침에는 여행지 어딘가에 가 있었다. 먹을 갈다가도 책을 뒤적거리다가도 숨을 깊게 쉬고 싶어질 때는 주저 없이 떠났다. 최근 이런 일탈 같은 여행이 잦아진 게 사람들을 벗어나기 위해서였나 싶다. 재빨리 비행기 티켓을 예약하거나 자동차에 짐 가방을 던진다. 그저 낯선 곳은 어디든지 여행이다. 제주도 푸른 물결과 돌담길을 따라 자유롭게 걷는 것이 좋고 쉬고 싶을 때 쉬고, 생각하고 싶을 때 생각하는 바람 같은 일상이 좋다.

강의하는 삶. 내 차의 네비게이션은 항상 다른 도시를 향해 있었다. 붓을 잡게 하고 팔을 당겨 가며 서예를 가르치는 일은 멈추고 싶었다. 서예를 다른 형식으로 보여 주고 싶었다. 눈앞에서 실

감할 수 있는 방식으로 서예를 대중과 만나게 하고 싶었다. 그들
은 바라보고, 서예가는 쓴다. 전시장에 걸려 있는 서예가 아니라
바로 눈앞에서 펼쳐지는 서예를 보여 주고 싶었다. 음악이 사람
을 치유하듯이 붓으로도 그러할 수 있다는 것을 보여 주고 싶다.
사람들이 붓으로 치유하는 시절이 다시 왔으면 좋겠다. 누구나
가 할 수 있는 예술이라는 것을 알리고 싶다.

　놀이하는 삶. 가슴의 온도가 비슷한 사람들과 따뜻한 차를 마
시며 밤이 깊도록 수다를 나눈다. 지인을 초대해 음식을 만들어
함께 나누고, 특별한 나들이를 하기도 한다. 꽃이 피면 꽃을 따라
다니고, 단풍이 들면 그 밑에 서 있었다. 전기자동차를 새로 장만
한 멋쟁이 중년의 남자와 어린아이처럼 신이 나서 도로를 달렸
다. 한때 붓보다 더 친했던 기타를 다시 꺼낸다. 놀이에는 악기가
빠지지 말아야 한다며 호기에 차 말했다. 마음껏 놀았더니 꽤 지
루하지 않은 삶이 되어 있었다. 심각하지 않게 어깨 힘 빼고 그저
흥이 넘치는 대로 놀이하는 사람이 되었다.

〈特〉, 35×45, 2023

봉인된 에너지를 풀어 주다

대학 시절, 큰 글씨를 쓰는 수업이 있었다. 회화과 학생들은 첫 누드화 수업을 기다렸고, 서예과 학생들은 커다란 붓으로 쓰는 수업시간을 설레는 마음으로 기다렸다.

밤새 먹 가는 기계를 돌려 대며 큰 양동이 한가득 먹물을 채우고 한바탕 젊은 객기에 젖어 있었다. 큰 붓을 살 돈이 없었던 나는 밀대 걸레천 두 개를 끈으로 단단히 묶어 제법 모필毛筆의 모습을 갖춘 커다란 붓을 들고 강의실로 들어갔다.

가닥가닥 밀대천은 먹물을 듬뿍 품어 흐느적거리는 묘한 붓맛이 있다. 큰 종이 위로 뚝뚝 떨어져 내리는 먹물을 감당하지 못하고 화선지를 온통 점으로 채웠다. 얼룩이 잔뜩 묻은 발바닥에 아랑곳하지 않고, 전혀 의도하지 않은 획이 그어지고 뜻밖의 느낌으로 엄청난 희열을 경험했다.

나는 그날의 감동을 잊을 수 없다. 그때 진동했던 묵향과 강렬한 획을.

  살면서 큰 붓을 들어야 할 기회가 간혹 있었지만 일부러 피해 버렸다. 큰 붓으로 쓰는 퍼포먼스는 글씨 못지않게 몸짓이 중요하다. 마치 춤을 추듯 온몸을 사용해야 한다. 에너지를 한껏 모은 몸이 붓과 한 몸이 되어야 한다.

  온몸의 관절과 눈빛이 붓을 따라간다. 관절을 힘껏 구부리고 자칫 기괴하기까지 하다. 서예 선생으로 수십 년을 사는 동안 나는 선비나 학자처럼 삼가해야 했다. 나를 다스리며 기괴함을 누르고 있었다. 한번 그 에너지가 터지면 주체할 수 없을 것 같았기 때문이다. 그러나 가슴속에는 큰 붓에 대한 열망이 사라지지 않았다.

  몇 년 전 방송국에서 제작되는 특집에 큰 글씨 퍼포먼스를 넣어보고 싶다 했다. 시사적인 다큐멘터리라 힘 있는 타이틀 글씨가 필요했고 타이틀을 쓴 서예가가 직접 쓰는 모습을 담고 싶다는 것이다. 그동안의 망설임이 무색하게 바로 승낙해 버렸다.

  촬영 당일 그곳에는 수많은 카메라가 기다리고 있었고, 10미터가 훌쩍 넘는 흰 천이 스튜디오 무대에 가득 펼쳐져 있었다. 그동안 내가 얼마나 큰 글씨를 쓰고 싶었는지, 얼마나 오랫동안 몸이 근질거렸는지 절감했다.

대형 천을 보는 순간 얼른 그 위로 올라서고 싶어 안달이 났다. 큰 붓이 지나갈 동선을 상상했다. 붓과 함께 온몸을 움직이고 싶었다. 내 몸이 붓이 되는 순간이다. 음악이 흐르고 주위는 온통 조용해졌다. 내 키만 한 커다란 붓을 먹물통에 가득 담그고 조심스럽게 들어올렸다.

후두두두둑…… 툭!

첫 붓을 놓는 순간 그동안 누르고 있던 감정들이 붓끝을 타고 내린다. 큰 획이 몸의 근육질처럼 뻗어 나갔다. 온몸을 비틀어서야 비로소 한 글자가 완성되었다. 몸을 수십 번 휘감은 뒤 거대한 흰 바탕에 열한 글자가 완성되었다.

'지방이 살아야 나라가 산다'.

쓰는 동안 꽤 시간이 흐른 것 같다. 마지막 글자를 쓸 때쯤 체력이 완전히 소진되었다. 한동안 쓰지 않았던 근육을 사용해서 그런지 온몸의 경련이 느껴졌다. 그 경련이 뇌까지 뻗는 듯했고 나는 엄청난 희열을 느끼며 붓을 던졌다.

촬영을 마치고 한 시간이면 운전해 올 수 있는 집을 포기하고 방송국 근처에 호텔을 잡았다. 기절하듯 쓰러졌고 오랜만에 긴 단잠을 잤다. 오랫동안 하고 싶었지만 중년의 나이가 되어서야 비로소 스스로 금기를 깼다. 봉인되었던 에너지가 힘겹게 풀려 나를 편안하게 위로하는 것 같았다. 잠이 무척이나 달았다.

〈오래된 대청마루〉, 35×45, 2023

두려움이 느껴지는 쪽으로 향한다

"이 여자는 옆구리에 붓 가방 들고 다니면서, 평생 한량처럼 놀고먹겠구나."

결혼한 지 채 1년이 안 된 며느리의 사주를 보러 가신 시어머니는 옆에 붓이 보인다는 말에 점쟁이가 예사롭지 않았다. 점 본 것을 비밀로 하라며 아들에게 당부하시곤 굶어 죽지는 않겠다고 하셨다 한다. 그로부터 20여 년 지나가는 세월, 당신의 며느리는 붓 가방 챙기는 일들이 잦아졌다. 그 점쟁이의 신기神氣를 믿어야 하나.

안동으로 가는 길은 무척 낯설었다. 차 뒷좌석에 글씨 쓸 재료들을 잔뜩 싣고 그동안 한 번도 지나친 적이 없었던 지역 표지판을 따라 고속도로 위를 달렸다. 미처 제대로 담아 싣지 못해 저 혼자 달그락거리며 놀고 있는 벼루 뚜껑이 귀에 거슬리긴 했지

만 그렇다고 차를 세울 만큼은 아니었다. 룸미러로 보이는 뒷좌
석에 곱게 말린 화선지를 보며 저것이 펼쳐질 공간이 어디일지
궁금했다.

고속도로를 벗어나고 가로수 늘어선 시골길을 달렸다. 좋은
길벗 하나 있어 그늘 좋은 정자에 쉬며 붓질 한바탕 놀다 가고
싶어진다. 악기 하나 다룰 줄 아는 길벗이면 좋겠고, 노래를 잘
부르는 길벗도 좋겠다. 문학을 좋아하는 길벗이라도 좋겠다. 욕
심을 부린다면 나와 같이 붓을 가지고 놀 수 있는 길벗이면 더
좋겠다.

길 위에서 감정이 북받치면 미리 갈아 온 먹물을 붓에 적셔 하
얀 화선지 풀밭에 깔고 돌멩이 주워 종이에 누르고는 붓 가는 대
로 한바탕 놀고 싶다. 갑자기 불어오는 바람 때문에 돌멩이가 작
을까 주변을 흘깃거리다 낯선 길에서 바쁠 게 없는 사람처럼 들
풀과 눈을 맞추고 이야기하고 싶다. 그러다 공기조차도 가벼워
지면 붓에 먹물을 묻혀 붓 가는 대로 길벗과 놀고 싶다.

무더위가 아직 끝나지 않은 8월 늦여름은 온통 초록이 짙었고,
굽은 시골길을 지나 나는 오래된 시간 속으로 점점 빨려 들어가
고 있었다. 안동을 들어서서 군자마을을 찾아가는 길에 '노인보
호구역'이라는 바닥글씨를 보고 이곳이 안동임을 다시 깨닫는

다. 입구에 들어서니 고택 기와 선과 짙은 세월의 색이 글씨와 참 잘 어울리는 곳이구나 싶다. 구석구석 붓과 어울리지 않는 곳이 없었다. 오래된 대청마루에서 글씨를 쓰려고 자릴 깔고 있으니 어느 어르신이 나에게 물으신다.

"서예를 한다고요? 몇 년 썼어요?"

"저? 이골 나게는 썼습니다."

사람들이 모여들고 붓으로 놀기 시작했다. 첫 붓은 아리랑이었다. 아리 아리랑 쓰리 쓰리랑 아라리가 났네 아리랑 고개로 넘어간다…… 글씨 쓰는 내내 그 어르신은 아무런 말이 없다.

붓 한 자루로 만나게 되는 사람들과의 소통이 열 마디의 대화보다 더 끈적거렸다. 붓 맛을 본 사람들은 표정이 바뀌고 경계심이 풀어진다. 이것이 붓 한 자루의 힘이다.

목적지도 없었다. 즉흥적으로 심장 닿는 대로 운전대를 맡기기로 했다. 침낭을 싣고 평상시 눈여겨보지 않았던 도로 위 초록색 표지판만 의지하며 길을 나섰다. 지도를 펼쳐 손가락으로 어디를 짚어도 기쁘게 맞이해 줄 사람들이 있었지만 내가 사는 도시를 벗어날수록 어디로 가야 할지 잠시 두려웠다.

목적 없이 떠나왔고 목적 없이 낯선 도시에 서 있었다. 그저 이곳은 내가 대학을 다녔던 도시였고, 가장 뜨거웠던 청춘의 도시였지만 가장 우울한 시기를 보냈던 곳이기도 하다. 대학을 졸업하고 뒤도 돌아보지 않고 떠나온 도시라 미련이 남은 도시다. 내가 이리로 온 것이 숙제 같았던 과거를 풀어 보고 싶었다면 나의 목적 없는 여행은 분명 이유가 있는 것일 테다.

대구의 8차선 도로가 한가하기만 한 자정이다. 높은 빌딩에 불빛이 간간이 보이고 건물의 외관을 빛내 주는 네온만 어둠 속에서 화려하다. 귀소본능인 듯 다니던 대학교 주변에 차를 세웠다. 대학 봄축제 때 맥주 한잔 마시고 구토를 심하게 했던 내리막길 담벼락 이곳에, 중년의 나이를 짊어지고 다시 돌아온 나는 차를 주차하며 노숙할 준비를 했다. 또각또각 소리에 잠시 붙이던 눈을 뜨니 오래전 나처럼 한 소녀가 두꺼운 책을 한아름 안고 새벽 골목길을 걸어간다. 삼삼오오 남학생들은 왁자지껄 친구들과 어울려 지나갔다.

세상이 온통 적막하고 새벽 푸른빛이 짙어질수록 섬 안에 갇힌 듯 고독이 몰려온다. 어디로 가야 할지 모르지만 언제나 내 마음은 낯선 곳을 향한다. 낯설어서 설레는 곳, 한 번도 가보지 않아서 두려움이 느껴지는 곳. 나의 나침반은 두려움을 향한다.

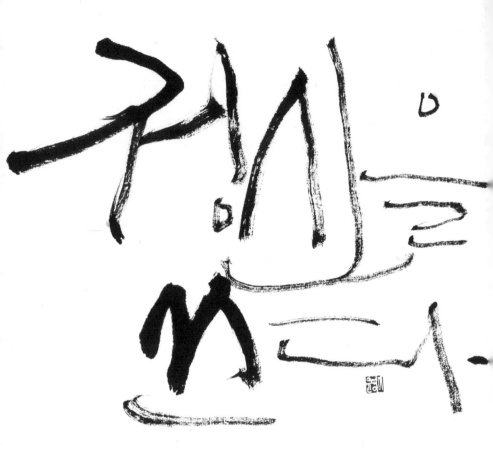

〈정신을 쓰다〉, 35×45, 2023

계절은 심장에서 먼저 온다

"사람들은 글자 있는 책은 읽지만 글자 없는 책은 읽지 못하고, 줄이 있는 거문고는 타지만 줄 없는 거문고는 타지 못한다. 형체 있는 것은 쓸 줄 알지만 정신을 쓸 줄 모르니, 거문고와 책의 참 맛을 알겠는가."

人인 解讀有字書해독유자서 不解讀無字書불해독무자서 知彈有
絃琴지탄유현금 不知彈無絃琴부지탄무현금 以跡用이적용 不以神用불이
신용 何以得琴書之趣하이득금서지취 ─《채근담》

불이신용不以神用, '신용神用'은 '정신을 쓰다', '정신을 사용하다' 라는 의미다.《채근담》을 넘겨 보며 신용이라는 글귀에 멈추었 다. 때때로 정신머리 때문에 곤혹을 치른 적이 있다. 정신을 바짝 차려 때를 놓치지 않으려는 강박이 습관처럼 나를 괴롭히곤 한

다. 정해진 틀이나 약속을 무슨 의식처럼 숭고하게 머릿속에 각
인시키는 이유가 다 이 놈의 정신머리 때문인지도 모른다. 정신
을 바로 쓰는 사람이 되고 싶다.

　얼마 전, 이 정신머리를 잘 다루지 못하여 누군가와 소원해져
버린 일이 있었다. 살면서 나와 마음을 나눌 수 있는 사람을 만나
기는 쉽지 않다. 그도 참 예민한 사람이었고 나와 공통점이 많아
나이를 뛰어넘는 교류가 자연스럽게 이뤄지게 되었다. 하지만
시간의 분초를 계산하며 살아가는 그와 완벽주의지만 자유로웠
던 내가 친구가 된다는 것은 결코 쉬운 일이 아니었다.
　사람마다 각자의 리듬이 있다. 그는 다른 사람들에 비해 리듬
이 매우 긴 사람이었다. 그의 긴 리듬은 나를 서운하게 만들었다.
그의 정신과 교류하기 위해 나의 정신을 신중하게 운용했어야
했다. 속도를 계산하고 강도도 계산했어야 했다. 내 몸 안에 혼자
박자를 잘 맞추어 호흡하던 심장이 찌릿하고 저려 왔다.
　정신머리를 잘 운용하지 못하였더니 엉뚱하게도 심장이 상처
를 받는다. 정신을 제멋대로 부렸다가 내 몸의 온전한 감각들이
초가삼간 다 불태워 버리듯 크게 휘몰아쳤다. 나의 정신은 심장
과 가장 가까운 관계를 맺고 있었다. 정신머리가 한 짓인데 심장
이 그 뒷수습을 감당하고 있었다.

꽃이 필 때나 계절이 바뀔 때나, 비가 추적추적 내릴 때나 바다가 너무 눈부시도록 파랄 때나, 그리고 칠흑 같은 어두운 곳에 혼자 있을 때나… 이때만큼은 정신을 쓸 줄 모르는 것이 오히려 약이 될 수도 있겠다고 혼자 중얼중얼.

소복한 낙엽만 보아도 눈물이 나왔고, 하늘을 쳐다보아도 살갗에 스치는 바람만 느껴도 가을을 심하게 앓았다. 어느 순간 변하기 시작했다. 나의 계절은 봄, 여름, 가을, 겨울이 아니었다. 24절기도 아니었다. 나의 절기는 계절이 아니라 계획이 되어 버렸다. 봄이 오고 가을이 오는 것으로 계절을 느끼는 것이 아니라, 무언가에 몰입하는 일상이 끝이 날 무렵 나는 비로소 계절을 느끼기 시작했다.

일상에 마디가 생기기 시작했다. 전시나 행사, 강연을 마칠 때마다 그것은 단단한 마디가 되어 주었다. 나이테와도 같은 마디는 계절이 아니라 목표에서 만들어졌다. 그 마디가 나에게는 절기가 되었고 마디가 하나둘 늘어날 때 세월이 지나가고 있음을 알았다. 때로는 굵은 마디가 되기도 하고 가는 마디가 되기도 한다. 혹독한 일을 쳐 낼 때는 마디가 더 단단해졌다. 꽃이 피는지도 몰랐다. 잔디가 파래지는 것을 보지 못했다. 억새가 흐드러지게 지천에서 흔들릴 때 비로소 한 해가 지나가고 있다는 것을 알

왔다. 빈 들녘에 한 무더기 코스모스를 보고서야 아차, 하고 가을을 바라보았다. 차를 세워 멍하니 한참 있기도 했다.

사계절이 뚜렷한 우리나라에 살고 있지만 나의 계절은 바깥의 계절과는 다르게 흐른다. 공부하고 작품을 준비할 때는 겨울이고 그것을 펼쳐 놓는 건 봄이다. 생각지도 못한 난관에 부딪힐 때나 힘겨워 울고 싶을 때는 환절기다. 나의 계절은 어김없이 심장에서 먼저 온다.

마음이 정화되는 순간

어느 스님의 암자로 보내질 현판 글씨라고 했다. 암자의 이름을 받아 보고는 욕심 없이 써도 될 법한 무위無爲적인 이름이라 여겼다. 직접 보는 앞에서 써야겠다는 생각이 들었다.

"글씨 받으러 오시지요. 저는 그쪽 스님의 취향을 잘 모르니 글씨를 선물할 분이라도 쓰는 걸 직접 보시고 어울리는 느낌을 같이 찾아봅시다."

절로 보내질 글씨니 아침부터 정갈하게 먹을 갈았고 화선지를 자르고 붓을 가지런히 놓았다. 창작 전에 주변 정리를 하는 건 오래된 습관이다. 머릿속에 잡다한 생각들을 없애려는 의식 같은 것이다. 오시라 기별 넣은 그는 서로 문맥이 통할 법한 지인과 함께 내 작업실로 들어섰고, 그들이 숨을 채 돌리기도 전에 내 손에는 이미 붓이 들려 있었다.

붓이 춤추는 것을 본 적이 있는가. 붓이 먹물을 듬뿍 만나 흰 화선지 위로 지나가며 획을 긋고 문자를 만들어 낸다. 거침없고 자유롭게 흐느적거리는 붓을 감당할 수 없었다. 지켜보던 사내 둘은 터져 나오는 탄성을 숨길 수가 없었다.

"저 지금 완전히 탄력 받았어요. 이 지경에서는 도저히 그냥 붓을 놓을 수가 없습니다. 갖고 싶은 글귀 하나 던져 보세요."

나의 갑작스러운 제안에 따라온 젊은 학자는 잠시 생각에 잠기더니 "씨팔… 아! 씨팔이 좋아요."라고 말했다. 자기 평생 가장 많이 내뱉는 말이란다. "점잖은 학자가 어찌 그런 욕지거리를 쓰십니까?"라고 응수하면서도 나는 기다렸다는 듯이 붓을 멈추지 않았다.

암자의 이름을 쓰면서 생겼던 경건함은 세상 번뇌를 씻어 주는 느낌이 들더니, "아! 씨팔"을 쓰면서는 묘한 카타르시스가 느껴졌다. 글씨를 받아 든 젊은 학자는 "아! 씨팔"을 시원하게 읽어 낸다. 나도 따라 '아! 씨팔'을 소리 내어 읽었다. 서로 마주보며 주거니 받거니 글씨를 읽어 냈다. 옆에 있던 또 다른 사내는 대리 만족하듯 호탕하게 웃었다.

"아! 씨팔"을 외치고 싶을 때가 한두 번이 아니라고 젊은 학자는 말했다. 학교에서도 토론장에서도 도무지 머리로는 이해할 수 없는 인간들을 만나기도 한다. 화가 치밀어 오르는 것을 참았고, 그들의 행동이나 사상을 비판하고 싶어도 암묵적인 분위기가 그를 눌렀다. 모두가 어른이고 선배라 지켜야 하는 보이지 않는 선이 그를 가두었다. 속으로 '아! 씨팔'을 수십 번 염불하듯 외쳤다고 했다. 그때마다 속이 후련해지고 마음이 진정되곤 했다.

"아! 씨팔"을 외치고 있을 젊은 학자는 당당함이 있어 비겁해 보이지 않는다. 열정적으로 살아 내며 뱉는 이 한마디가 앞으로 겪어야만 하는 숨막힘에 대한 치유처럼 들렸다. 허공에 대고 "아! 씨팔" 외치는 울림이 한 모금 깊게 빨아당겨 내뿜는 담배연기 같다.

우리는 화선지에 크게 적힌 '씨팔'이라 쓴 글씨를 바라보는 것만으로 카타르시스를 느꼈다. 마음속에 억압된 감정의 응어리를 표출한 글씨는 보는 것만으로도 마음이 정화되기 때문이다.

언젠가 '욕'전을 기획한 적이 있었다. 전시장 벽면을 육두문자로 채우고 싶었다. 소심한 친구가 늘 앉아 있을 책상 앞에 시원하게 걸쭉한 욕 하나 붙여 놓으면 우울증약을 덜 털어 넣을 수 있을 것이다. 평상시 순하고 착한 친구가 허공에 내뿜는 긴 한숨을 대신할 것을 선물해 주고 싶었다.

〈씨팔〉, 35×45, 2023

학창시절 나를 기억하는 친구들은 내가 욕을 제법 잘했다고 말한다. 말끝마다 습관처럼 욕이 튀어나왔다. 사춘기를 혹독하게 지낸 내가 가장 쉬웠던 일탈이 욕이었다. 욕을 가히 예술의 경지에 오를 정도로 해댄 날들이 있었다. 온갖 감정이 들끓고 머릿속에 온갖 언어들이 남발할 때 적시적소에 내뱉는 욕. 이것도 하나의 장르라고 할 수 있다. 하고 싶은 욕을 실컷 하고 살아서 그랬는지 나에겐 어렵던 시절의 그림자가 없다. 속에 담아두고 우울해하며 자신을 꾹꾹 누르며 사는 친구에게 말한다.

"욕이라도 한바탕 퍼부어 버려."

언젠가는 꼭 '욕전'이라는 이름으로 세상 사람들에게 내 글씨를 보여줄 것이다. 모음과 자음이 아름다운 한글로 붓이 주는 강렬한 힘이 합쳐지면 욕은 더 큰 에너지를 뿜어내게 된다. 욕이 카타르시스의 미학이라고 한 어느 학자의 말에 깊은 공감을 한다.

전시장을 들어서는 순간 하얀 화선지와 진한 먹색이 끌어당기는 강렬한 획을 욕으로 가득 채울 것이다. 지랄 씨발 쌍 좆나 어쩔 에라이 개뿔…… 욕을 내뱉듯 획을 그을 것이다. 욕을 내뱉듯 먹물을 쏟아 낼 것이다.

한 공간을 온통 욕으로 낙서하며 사람들에게 카타르시스를 선물할 것이다. 한 점 한 점 욕으로 쓴 글씨를 보며 속으로 읽어 내야만 하는 사람들은 차마 입에 담을 수 없는 그 단어들을 마주하며 당혹스러울지 모른다.

힘들어하는 누군가를 대신해 맺혀 있는 응어리를 터뜨려 준다는 것, 이것이 최고의 치료법이라는 것을 살면서 알게 되었다.

〈안전한 고독〉, 35×45, 2023

불안하지 않은 안전한 고독

무척이나 평화로운 날이었다. 어떤 말조차도 필요하지 않았다. 오늘만큼은 여기를 벗어나지 않아도 좋다. 최소한의 움직임으로 최소한의 숨소리만 내며 이렇게 꼼짝없이 종일 앉아 있다. 몸속에 깊숙이 각인되어 있던 긴장을 봉인 해제시킨다. 힘을 주던 두 눈에서 힘을 빼고 초점을 해지시키니 사방이 온통 흐릿해졌다. 다리 근육에도 힘을 빼고 주저앉았다. 항상 힘이 들어가 있는 어깻죽지를 축 늘어뜨린다. 온몸의 세포들을 무장 해제시킨다. 예민하게 뒤엉킨 신경 조직들을 풀어헤쳐 본다. 혈관을 타고 도는 피의 소리를 숨죽여 들어 본다.

무척이나 평화로운 날이었다. 탁상 등을 환하게 켜 놓고, 책상 위 아무렇지도 않게 널브러져 있는 종이더미를 뚫어져라 쳐다보았다. 그저 쳐다보았다. 벽에 덕지덕지 붙어 있는 포스트잇의 형광 색깔이 오선지 위에 음표처럼 자유롭다. 그저 쳐다만 보았다. 오늘은 내가 굳이 정하지 않으면 아무런 약속이 없다. 시계를 쳐다볼 필요가 없다. 창문으로 들어오는 태양의 기운으로 하루의 시간을 온전히 느낀다. 이렇게 여기에 앉아 있을 때만큼은 안전한 고독을 느낀다.

부척이나 평화로운 날이었다. 나만의 작업실 공간이 생긴 이후 어느 누구에게도 방해를 받지 않는 안전한 고독을 즐길 수 있게 되었다. 내가 허락해야만 들어올 수 있는 지극히 개인적인 이 공간은 오롯이 나로만 채워져 있다. 내가 쓰는 붓, 내가 쓰는 종이, 내가 쓰는 노트북, 내가 아무렇게 적어 놓은 쪽지들, 내가 꽂아 놓은 필기구들, 내가 듣는 스피커까지도 다른 누군가의 손때라고는 하나 없다. 난방기가 돌아가는 소리까지도 조용히 듣고 있으면 이젠 내 숨과 맥박 소리만큼 익숙해졌다. 지나가는 차의 속도가 느껴지고 간혹 폭주족의 오토바이 굉음까지도 안전한 고독 속 나의 일상이 되었다.

무척이나 평화로운 날이었다. 누군가가 작업실 문을 두드리고 나는 그를 받아들였다. 순간 내가 가장 안전하다는 것을 느꼈다. 우리는 같은 공간에 있으면서도 아무런 말이 필요 없었다. 나는 나, 저는 저대로의 세상에 있었다. 같은 공간에서 각자의 일을 하고 있을 뿐이다. 화선지를 위로 올리는 소리와 벼루에 붓을 쓸어 내리는 소리가 들린다. 그의 노트북 자판 두드리는 소리, 책장 넘기는 소리만 적막한 공간에서 움직인다. 내가 침을 삼키는 소리가 파이프 관을 통해 울리는 소리보다 더 크게 느껴졌다. 한 공간에 침묵으로 같은 공기를 마시고 있었다.

갑자기 고독하다는 생각이 문득 들었다. 이내 그 고독은 불안하지 않고 너무도 완전해서 가슴 시리도록 안전한 고독이었다.

무척이나 평화로운 날이었다.

〈귀가 순해지는〉, 35×45, 2023

줏대가 없기에 견딜 수 있다

"집으로 돌아갈 때 열차를 타고 가는 건 어때요?"

경주에 사는 친구 집에서 며칠 머무르다가 집으로 돌아오는 차편을 예매하려는데 친구 남편이 조심스럽게 말을 꺼냈다. 시간은 걸리겠지만 낭만이 있을 거라고 말했다. 며칠 겪어 본 그는 매우 날카롭고 예민한 사람이었다. 지적이며 여행을 좋아하는 남자였다.

경주에서 진주까지 버스로 두 시간 거리인데 그가 권한 열차는 네 시간 넘게 걸리는 무궁화호였다. 잠시 머뭇거렸지만, 이 예민한 사람이 나에게 권할 때는 이유가 있을 거라 여겼다. 어렵게 뱉은 말을 무시하고 싶지 않았다. 경주역까지 따라온 친구 부부의 배웅을 받으며 나는 열차에 몸을 실었다.

뜨거운 한여름, 오후 네 시 넘어 경주를 출발한 열차는 동해안을 따라 내려오는 내내 좌측 창으로 끝없이 바다가 펼쳐졌다. 부산 시내를 통과할 때는 마치 근대 영화의 장면 같은 풍경들이 이어졌다. '기차길 옆 오막살이' 동요 가사가 눈앞에 그대로 펼쳐졌다. 발전한 도시 이면의 삶을 가로지르고 있었다.

해질녘, 낙동강을 끼고 돌 때는 강변의 풀 무더기가 붉은 낙조와 뒤섞여 고흐의 붓 터치를 상상하게 했다. 점점 짙어지는 파란 밤하늘을 보았다. 바다와 강과 붉은 낙조는 그야말로 한 편의 파노라마 영화였다.

진주에 도착하니 시계는 밤 아홉 시를 넘어가고 있었다. 친구에게 전화를 걸어 시간 대신 낭만으로 잘 바꿔 먹었다며 나의 흥분을 전했다. 친구 남편은 그 후에도 나를 반갑게 맞이해 주었다.

귀가 얇은 나에게 감사했다. 예순도 안 된 내가 귀가 순해지는 이순耳順을 겪고 있다. 시간이 지날수록 아무렇게나 그냥 다 좋다는 생각이 조금씩 자라고 있었다.

고집스럽지 않다는 것은 열려 있다는 것이다. '줏대도 없냐'는 말을 좋아한다. 그렇다. 나는 줏대가 없는 서예가이다. 줏대가 없었기 때문에 잘 견뎌 왔고, 줏대가 없었기 때문에 많은 것들을 경험하고 알게 되었다. 줏대가 없었기 때문에 수많은 정보와 세상을 만날 수 있었다.

오랜만에 차를 두고 버스를 탔다. 버스비가 얼마인 줄 몰라 만원을 내고 거스름돈을 잔뜩 받았다. 늘 운전대를 잡고 지나던 거리 모퉁이에 미처 보지 못했던 작은 안경가게가 새로 단장을 하고 손님을 기다리고 있었다. 몇 해 전 개업한다고 떠들썩했던 치킨 가게 간판이 세월에 빛이 바래져 있었다. 건물 사이 공터에 어지러운 빈틈이 보이고, 거리에서 나뒹굴고 있는 박스 상표까지도 눈에 들어왔다. 사람 냄새 나는 살가운 풍경으로 다가왔다.

도심을 빠져나온 버스는 시골길 이차선 도로를 달렸다. 울퉁불퉁한 흔들리는 버스에 속이 메슥거렸다. 눈을 지그시 감았다가 조금 진정이 되어 눈을 떠 보니 산 밑 양지바른 마을이 눈에 들어온다. 도로보다 낮은 길가 시골집은 지나가는 버스 창으로 마당을 그대로 내어 주고 있었다.

어느 집 앞마당에는 수국이 가득해 주인장의 마음이 참 예쁠 거라 여겨졌다. 장미를 좋아하는 누군가의 울타리도 보았다. 마당을 텃밭으로 가득 채워 된장 쌈 가득 나눌 인심도 보인다. 툇마루 앞마당에 명절 때나 왔을 어린 손자의 장난감들은 먼지가 쌓여 가고 있었다.

자주 이 길을 지나다녀도 그동안 담벼락 때문에 보이지 않았던 길가 오래된 기와집은 누군가가 살았던 흔적을 고스란히 남겨 두고 주인 잃어 곧 무너질 듯 위태롭다. 길가 풀숲에 숨어 있던 작은 도랑이 흐르고 드문드문 피어 있는 풀꽃이 한가롭다. 마을 어귀 버스정류장에 먼지가 수북한 긴 나무 의자가 쓸쓸했다.

버스를 타니 보였다. 운전하며 앞만 바라보고 다닐 때는 보이지 않던 것들이 눈에 들어왔다. 큰길에서 마을로 들어가는 구불구불한 정겨운 길이 보였다.

버스 안에서 천천히 바라보았을 뿐인데 풍경은 처음 마주한 것처럼 선명하게 다가왔다. 운전대로부터 자유로워진 정신은 시야를 확장시켰다. 내가 무엇을 놓치고 있었는지 깨닫게 했다. 그동안 내가 보았던 세상은 언제나 이전에 내가 파 놓은 우물 속 세상이다.

지켜 준다는 건 믿어 주는 것이다

"당신이 저를 지켜 줄 수 있으신가요? 그렇다면 당신의 그 제안을 감사히 받아들일 수 있어요."

인연 속에서 수많은 만남을 겪는다. 그 인연들이 뜻하지 않는 행운을 가져다주기도 한다. 세상일이란 자신의 능력만이 아니라 보이지 않는 손과 눈 그리고 조력자들과 함께하는 것이다.

누군가가 나에게 손을 내밀어 줄 때마다 손사래를 쳤다. 그 손은 내 앞에 지름길을 만들어 줄 것들이었다. 나는 그것이 정당하지 않은 방법이라 생각했다. 길은 오직 앞만 보고 가는 한 가지라 여겼다. 사실은 두려웠는지도 모른다. 시기 질투에 노출되었을 때 그것을 감당할 자신이 없어 지레 겁을 먹었다. 무수히 많은 기회들이 나를 스쳐지나갔다.

얼마 전부터 누군가 손을 내밀면 나는 기꺼이 그 손을 잡고 말한다.

"당신이 저를 지켜 주실 거잖아요. 저를 지켜 주실 거라는 확신이 들어요. 그래서 흔쾌히 받아들이고 기쁜 마음으로 이 멋진 일을 해내고 있어요. 지켜 준다는 것은 저를 책임져 달라는 것이 아니에요. 남들 눈에 띄게 되면 사람들 입에도 오르내리잖아요. 시기 질투는 물론 때론 욕을 먹을 수밖에 없어요. 지켜 준다는 거요? 그건 사람들의 입에서 내 얘기가 나올 때 당신은 흔들리지 않고 저를 믿어 주는 것이지요. 나를 알아봐 준 당신이 흔들리지 않는 것. 이것이 저를 지켜 주는 거예요."

스스로 나를 지켜 낼 수 있을 때 세상 밖으로 나왔다. 누군가가 나에게 화살을 쏜다면 잠시 휘청해도 곧 중심을 잡고, 있는 힘껏 날아오는 화살을 튕겨 낼 것이다. 스스로 자신을 지킨다는 것은 나를 믿어 준 사람을 지키는 일이기도 하다.

사람의 마음은 유동적이고 상호적이다. 내가 무너지면 나를 믿어 준 사람도 무너질 수 있다. 거꾸로 나를 믿어 준 사람이 무너지면 아무리 내가 굳은 마음을 먹는다 하더라도 아플 것이다.

혼자서도 해낼 것 같았던 일들이 점점 커지면서 더는 혼자 힘으로 되지 않는 순간이 온다. 돌아보니 온통 곁사람들의 품이었고 인연으로 엮어진 우연한 행운들이었다. 지켜 주고 있는 손

길이 사람이든, 신이든, 행운이든 어느 날부터 습관처럼 주문을 왼다.

"저를 지켜 주셔서 감사합니다."

"저를 지켜봐 주셔서 고맙습니다."

지켜봐 준다는 것이 조력이었다. 믿어 준다는 것이 조력이었다. 그 믿음이 예술가를 바로 서게 만든다. 세상에 한 사람이 태어나는 것만큼 한 예술가가 하나 만들어지는 것도 지켜볼 일이다. 그 예술가가 최고의 걸작품을 만들어 낼 수 있다는 것을 믿어볼 일이다.

〈아무일 없이 산다〉, 35×45, 2023

아무 일 없이 산다는 건 특별한 일이다

고도의 집중이 필요할 때 아무 일 없다는 것만큼 도움이 되는 건 없다. 중요한 일을 앞두고 있을 때 무슨 일이 일어나면 어쩌나 염려가 된다. 미리 살펴 놓아야 마음이 놓인다.

부모가 아프시면 어쩌나. 나는 일을 포기하고 그곳으로 달려가야 할 것이다. 아들에게 곤혹스러운 일이 일어나면 어쩌나. 나는 온갖 수를 동원해서라도 아들을 우선순위로 지켜 낼 것이다. 남편에게 사고라도 나면 어쩌나. 나는 내 일을 멈추거나 포기하거나 우울해할 것이다. 나에게 구설수라도 생기면 어쩌나. 나는 일을 멈추고 원인과 결과를 분석해 가며 주변을 정리하기 바쁠 것이다.

아무 일 없이 산다는 것은 내 일을 포기하지 않을 수 있는 경계선이다. 작업 전에 테이블 위에 티끌 하나 없이 정리해야 하는 예민한 성격을 가지게 되었다. 그 티끌이 눈에 보이면 내 눈은 글씨에 놓이더라도 마음은 티끌에 놓여 버린다. 심지어는 티끌이 글씨보다 커져 버리기도 했다.

눈에 보이는 티끌조차도 해결되지 않으면 진행이 되지 않는지라 마음을 누르는 사소한 원인 하나조차 마음을 힘들게 한다. 아무 일 없이 산다는 게 내가 작업할 수 있는 최고의 상태였다.

아무 일 없이 살고 있다. 눈을 뜨면 노트북 앞에 앉아 글을 쓰고 있다. 곧 다가올 원고마감 날짜를 맞추기 위해 외출을 삼가고 있었다. 종일 노트북을 보고 있어 눈에 뿌연 막이 끼는 듯한 증상과 침침한 시력 때문에 진도가 잘 나가지는 않았지만 이것은 나에게 별일이 아니다.

부쩍 많아지는 강연 섭외에 나는 서류를 만들고 강연 원고를 쓰고 있었다. 많은 사람 앞에서 마이크를 잡고 두 시간이나 세 시간을 얘기해도 그 줄거리가 바닥나지 않으려고 수많은 영상을 돌려 본다. 그동안 찍어 놓았던 사진들을 꺼내 보고 분류해 나간다. 컴퓨터 작동에 익숙하지 않은 내가 미워도 이것도 별일이 아니다.

왼쪽 팔이 들어올려지지 않는다. 옷을 갈아입을 때 난감하다. 깁스를 한 사람처럼 오른팔만을 사용해서 일상생활을 하고 있었다. 이 바쁜 시기만 좀 지나가면 한의원에 가서 침이라도 맞아야 겠다 생각했다. 간혹 팔을 잘못 올려 한동안 경련이 일어나 잠시 멈추어야 하지만 이것도 별일이 아니다.

아무 일 없이 살고 있다. 휴전 같은 시간이 계속되고 있었다. 그저 고요하고 조용하다. 평화롭기까지 하다. 아무 일이 일어나지 않는다는 건 평범한 일상이 아니라 아주 특별한 일상이다. 나는 이 고요가 언제까지 계속될 것인지를 계산한다.

아무 일 없는 고요한 삶이 때로는 불안하기도 하다. 읽고 싶었던 책을 산더미처럼 옆에 쌓아 고요가 도망가지 못하게 누른다. 미뤘던 일들을 메모지에 써 내려가며 고요를 더 늘린다. 의도하지 않은 일로 인해 내 고요를 방해받고 싶지 않았기 때문이다. 에너지를 다른 곳에 쏟고 싶지 않다.

얼마 전 주문 받은 여러 크기의 낙관 도장 새기기, 필방에 전화해서 화선지 주문 넣기, 전시회 족자작품 구상하기 등 몇 개를 대충 적어 내려가다 좀더 사소하게 들어가 보기로 했다. 머리 쓰는 일을 멈추고 싶다. 글씨 작업과는 거리가 먼 단순한 일을 적어 보기로 했다.

접시 닦기, 단지에 얼마 전 사 온 찻잎 나눠 담기, 의자에 쌓아 놓은 옷 걸기, 바닥 얼룩 지우기, 노트북 사진 정리하기, 커피콩도 사러 나가야겠다. 이 소소한 일상들이 내 고요를 연장시킬 방법이라고 굳게 믿고 있었다.

　그날은 저녁노을이 붉었다. 고즈넉한 평화로운 풍경 속에 저녁식사로 깔끔한 초밥을 먹었으면 좋겠다 생각했다. 아들을 옆자리에 태우고 마을길을 내려가고 있었다. 좁은 길을 벗어나 좌회전을 하려는 순간 마주 오는 자전거를 미처 발견하지 못했고 가벼운 접촉사고가 생겼다. 도로 경계가 명확하지 않은 상황이라 약간의 번거로움이 예상되었다. 고요함을 깨는 일이 생겨 버렸다.

　종일 기분이 개운치 않고 부주의했던 나에게 화가 나기 시작했다. 옆에서 더 놀랐을 아들은 자기의 운전면허 시험 주행 실기를 아주 호되게 시켰다고 생각하라며 나를 안심시켰다.

　다음날부터 보험사와 통화를 계속해야 했으며, 경찰서 조사계로 가서 어제 일어났던 일을 다시 기억하며 얘기해야 했다. 이 모든 일이 일어나지 않아도 되었을 일상이었다며 짜증을 내고 있었다. 고요를 방해받은 것에 대한 짜증이었다.

　며칠 동안 놀란 가슴이 쉽게 가라앉지 않았다. 다음날부터 외출할 때 누군가가 태우러 오거나 택시를 이용했다. 얼마 뒤 피치 못하게 다시 운전대를 잡아야 했을 때 하필 또 옆에 아들이 타고 있었다.

"엄마가 두 손으로 운전하시는 거 처음 보는데요. 거의 한쪽 팔을 차창 쪽으로 올리시고 한 손으로 돌리시잖아요?"

"이런 산길에서 옆으로 빠진다고 깜빡이를 다 넣고 다니시네 요!"

"와, 예전엔 논길도 시속 50으로 달리시더니…… 이거 현실감 있는 속도예요?"

"접촉사고가 내 운전면허 시험 교육용이 아니라, 엄마를 제대 로 교육시킨 거였네요!"

옆에서 웃음을 쪼개고 있는 아들의 말에 아무 대꾸도 없이 앞 만 뚫어져라 응시했다. 듣고 보니 그동안 나는 마을 도로의 무법 자였다.

일상에서 내 의지와는 다르게 크고 작은 일들이 끊임없이 일 어난다. 마치 세포가 분열하듯 생성되었다가 사라진다. 말 한마 디가 사람을 다치게도 하고 작은 실수가 며칠의 고민거리가 되 기도 한다. 일용할 양식을 주듯 소소한 일들을 내려 주었다. 며칠 은 또 스스로 동굴 속에서 지냈다.

"아무 일 없이 살아요. 매일 똑같은 침대에서 일어나요. 침대보와 이불이 바뀌는 것 외에는 없어요. 기분에 따라 베개 높이와 쿠션감은 달라져요. 그리고 똑같은 욕실로 들어가요. 한 번씩 집에 남자들이 변기 뚜껑을 올리지 않고 볼일을 봐서 고함을 지르기도 해요. 샤워하면서 샤워기를 내 키에 맞게 조금 낮춰 달아야겠다는 생각은 하지요. 하지만 매번 욕실에서 나오면 잊게 되죠. 칫솔질하며 치약 향에 취하기도 하지요. 냉장고 문을 열어 가장 먼저 눈에 띄는 게 아침 메뉴가 되지요. 어제는 부드러운 달걀찜에 새우 살을 넣어 먹었어요. 갓 볶은 커피콩이 있어 핸드드립으로 커피를 진하게 내리고 우유를 넣어 카페라테를 만들었지요. 똑같은 소파에 앉아 똑같은 창가를 내다보며 커피를 마셔요. 천천히 계단을 내려와 작업실 의자에 앉아요. 한동안 아무것도 하지 않고 숨만 쉬고 있어요. 가끔 눈도 감지요. 벼루에 물을 가득 담고 천천히 먹을 갈아요. 맑은 물이 점점 진하게 변하면 기분이 좋아지지요. 묵향이 서서히 내 몸에 배면 그때부터 글씨가 쓰고 싶어지죠. 붓을 들어 한동안 마음껏 휘두르고 나면 몸이 급격히 피로해지죠. 나는 습관적으로 낮잠을 한 시간 정도 즐기는 편이에요. 일어나면 기분이 충전되거든요. 또다시 한쪽으로 밀어 놓은 숙제 같은 작업을 해요. 다행히 작업해야 할 일은 항상 쌓여 있어요. 어쩌다 보면 점심도 거르고 저녁도 거르게 되지요. 배가 고파

창밖을 내다보면 깜깜한 밤이 되어 있어요."

다시 어제와 똑같은 시간에 침대에서 일어나고 똑같은 하늘을 바라보고 똑같은 계절을 느끼고 똑같은 일상으로 들어간다. 아무 일 없이 산다는 것이 축복이라는 것을 안다. 아무 일 없이 산다는 건 특별한 일이다.

〈똑같이〉, 35×45, 2023

우리가 서로 사랑해야 하는 이유

권모술수를 즐겨 하는 한 남자가 협회 회장이 되었다. 그는 자리를 지켜 내려고 속 좁은 수를 쓰고 있었다. 욕심이 넘쳐 마음 그릇이 작은 사람을 마주하면 세상의 공기를 다 마시고 있어도 숨쉬기 힘들 정도로 답답함에 숨이 차오른다. 한 사람을 오랫동안 싫어하기는 쉽지 않은데 같은 지역 사회에 있으면서 나는 그와 오랫동안 단절하며 살았다.

어느 날 내 전시장 아르바이트를 하러 온 여자가 그와 같은 교회를 다닌다며 자기를 소개했다. 그를 알고 있는 것이 전시장 일에 도움이 될 거라 생각했다. 내가 그를 몹시도 싫어하는 걸 알 리가 없다.

처음 보는 나에게 말을 걸어왔다. 조목조목 말을 잘하고 어린아이 같은 순진함도 보였다. 모든 걸 설명하려 들고 모든 게 궁금

한 그녀는 나에게 전시장에서의 사소한 에피소드까지 얘기해 주려 하고, 한없이 질문을 던졌다.

나는 회장이라는 남자를 안다는 것만으로도 말을 섞고 싶지 않아 건성으로 대답했다. 작품이 전시된 전시장을 잠시 방문했고 그 여자는 전시장을 지키고 있는 중이니 서로의 볼일만 보기를 바랐다. 멀리 떨어져 서 있었더니 다시 내 앞으로 다가와 말을 건넨다.

갑자기 예민한 내 성질이 튀어나와 버렸다.

"조용히 좀 해 주실래요. 저리로 가 주세요."

싸늘하게 말을 내뱉어도 그녀는 계속 따라와 말을 걸어왔다. 화가 치밀었다.

"아, 이 여자 말 많네. 시끄러워! 저리 꺼져!"

내가 냅다 소리를 지르자 그녀는 화들짝 놀라며 그 자리에서 굳어 버렸다. 영문도 모르는 그녀는 이후 나를 보면 눈빛이 불안해지고 저 멀리에서 돌아서 지나갔다.

내가 도대체 뭐 하는 짓일까. 아무런 상관도 없는 사람인데 내가 싫어하는 사람의 이름을 입에 올렸다고 화를 내고 있다. 작업실로 돌아와서도 젊은 사람에게 상처 준 게 마음이 편치 않았다. 아니, 나 자신에게 몹시 불쾌했다.

먹을 갈고 붓을 잡아보고 이것저것 해 보았지만 이미 내 마음은 지옥이다. 화를 냈던 그 마음이 밉기도 하고 쓸데없이 에너지를 소모했던 터라 아무것도 손에 잡히지 않아 어영부영 시간을 보내고 있었다. 그때 책상 위 펼쳐진 시 한 편이 눈에 들어왔다.

문정희의 '사랑해야 하는 이유'라는 시였다. 그래, 똑같이 강물을 나눠 마시고 채소를 나누어 먹고 똑같은 해와 달 아래 사는 우리는 주름을 만들며 함께 늙어 가고 있는 사람들이다. 언젠가 모두가 똑같이 흩어져 사라질 사람들이다. 공기조차도 함께 공유하고 지구라는 이곳에서 같은 시간을 보내고 있는 외로운 너나나나 함께 살아내는 귀한 조각들이다. 순간 내가 절연한 사람을 아는 사람이라고 그어 버린 선이 무색해졌다.

시간이 지나 간혹 만나게 되는 그녀는 여전히 천성대로 넘치고 있었다. 어느 날 그녀가 일하고 있는 미술관에 갔다. 관람객들이 들어오는데 여전히 밀대로 전시장 바닥을 닦고 있는 그녀가 보였다.

"좀 쉬어 가며 하세요, 그건 당신이 굳이 애쓰지 않아도 되는 일이니 좀 편히 있어요."

나의 한마디에 그녀는 경계심을 늦추고 얼굴에 화색이 돌며 또다시 말하기를 쉬지 않는다.

"아뇨, 그냥 있으면 뭐 하나요. 제가 재미나 하는 거예요."

나는 조용히 웃었다. 사람 잡는 일 말고 마음을 잡아서 다행이라 굳어졌던 심장이 부드러워졌다. 시인의 시 한 편이 종교보다도 더 거룩하게 여겨졌다.

〈심장 뛰는 기쁨〉, 35×45, 2023

지상에서의 마지막 로맨스

"딸아, 지금 바로 오십만 원만 좀 보내 줄 수 있어? 엄마에게는 비밀이다. 이유는 묻지 말고."

"왜요? 아빠 보이스 피싱 당했어요?"

"아니, 카드 값으로 나가야 하는데 그 정도가 좀 모자라서……."

결국 '그 정도'라는 말에 더 여윳돈이 필요하시겠다 싶어 백만 원을 보내드렸다. 무슨 일일까 몹시 궁금했지만 묻지 않았다. 아버지의 비밀이라 지켜 주고 싶었다. 얼마 뒤 남동생에게서 전화가 왔다.

"아빠가 무슨 일이 있으시기에 며느리에게 백만 원을 급하게 보내 달라는 거야? 그것도 남편이랑 시어머니에게 비밀로까지 하라면서?"

그래, 이쯤 되면 조사 들어가야 하는 거다. 부모님은 평온한 노후를 보내고 계시다. 제 앞가림 하도록 삼남매를 잘 키우셨고, 당신들의 노후준비도 충분했다. 아버지는 여든의 나이에도 개인택시를 하시며 취미생활을 즐기신다. 도대체 무슨 돈이 급히 필요하셨을까.

그동안 집안은 발칵 뒤집혀져 있었다. 당사자인 아버지의 변명은 빼고 엄마의 말에 따르면 여든의 아버지에게 여자가 생겼다는 것이다. 늙은 여자의 직감은 예리했다. 이제껏 노부부의 금슬은 온 동네 사람들의 부러움이었다. 그런 아버지에게 여자가 생겼다는 건 일대 사건이다.

골프를 치러 간다고 나갔는데 일식집에서 카드 값이 20만 원 찍혔다. 이불가게에서도 찍혔다. 돈이 손에 들어가면 나오지 않는 알뜰한 엄마의 씀씀이로는 도저히 용납되지 않을 일이었다. 꽃뱀이 분명하다 했다.

나이 육십이 넘은 여자가 울면서 아버지의 택시를 탔다. 부산에서 남편의 언어 폭행에 견디다 못해 자식 집인 진주에 왔다가 산청으로 들어가는 중이었다. 사연을 들어 보니 아버지가 옆에서 이야기를 들어 주면 될 것 같았단다. 전화번호를 주고받고 이야기를 들어 주기도 하고 친구처럼 식사도 하고 차를 마시기도 했다. 나의 오지랖은 이런 아버지에게서 온 게 분명하다.

노부부의 전쟁 중에 아버지의 카드와 골프채 그리고 핸드폰은 엄마에게 빼앗겼고, 노부부는 서로가 나날이 야위어 갔다. 내가 등판할 차례다.

"자, 자! 이제는 같이 살 만큼 많이 안 살았나? 이쯤에서 두 사람 도장 찍자!"

한편으로 생각했다. 여든의 아버지에게 시간이 얼마나 더 남았겠는가. 조만간 지구에서 영원히 사라져 버릴 아버지. 시대를 잘못 태어났고 부모를 선택할 여지가 없었다. 여섯 번째 미역국도 못 얻어먹었을 무렵부터 나무 지게 짐을 메며 얼마나 힘들었겠는가. 학교 가는 친구들을 보며 배우고 싶은 욕망이 더 견딜 수 없었다.

진주에서 나동을 거쳐 완사로 이어진 국도를 지나가며 아버지는 이 길을 따라 젊은 시절 고단했던 삶을 얘기하곤 하셨다. 지루한 고갯길을 걸으면서 얼마나 많은 생각을 했을까. 머리는 밝고 심장은 뜨겁고 처지는 어두웠던 아버지.

가족의 생계 때문에 새벽 별을 보고 나가 세상이 조용해진 자정 무렵에야 들어오셨던 일생. 노년에 숨을 돌리고 계시는 아버지. 마음과 처지를 따로 분리시켜 가며 한평생 꾸역꾸역 살다가 영원히 사라질 준비를 해야만 한다.

아버지의 인생이 항상 아까웠다. 저 남자가 세상에서 사라지고 나면 그리움보다는 안타까울 것이라는 생각에 얼마 전부터 나는 조급증이 났다. 여든의 아버지에게 찾아온 최고의 호사스러운 감정일 수도 있겠다며 속으로 박수를 치는지도 모른다. 아버지의 일생에서 심장 뛰는 기쁨 한번 없이 사라져 버린다는 것이 아쉬웠다.

"엄마, 그냥 서로에게 신경 좀 끄고 살면 안 되겠나? 늘그막에 뭔늘 그리 중요하긋노. 엄마 니는 아줌마들이랑 동네 여자들 욕도 좀 하고, 자식 자랑이나 하면서 수다 떨고 살믄 되고, 아빠는 죽기 전에 아빠 감정대로 멋대로 좀 살아 보라 캐라. 안 아깝나? 얼마 남았다고. 젊은것들 하는 신경전을 다 하노? 이제 뭐가 그리 중요하노?"

"가시네가, 내가 와 이카는데… 꽃뱀헌테 걸리믄 너거 아부지 다 갖다 바칠 낀데, 내는 그 짓은 못 본다. 한 푼 두 푼 아꼈다가 내 자식들한테 다 남겨주고 갈끼다. 남헌테 주는 거 절대 안 된다."

"엄마 너거 자식들이 부모 돈 필요한 사람 아무도 없다. 그냥 다 쓰고 죽어야제. 하고 싶은 대로 하고, 각자가 쓰고 싶은 사람 헌테 쓰고 죽어야제. 머 한다꼬 자식 줄 끼라꼬 하노. 고마 다 써라. 어디다 쓰든지 간에. 쓰는 동안은 행복하지 않긋나."

"시끄럽다. 가시나 저 년도 꼭 지애비를 똑 닮아가, 지애비랑 똑같다."

노부부의 전쟁은 그 여자에게서 날아온 문자 한 통으로 간단하게 정리되었다. '선생님은 너무 감사한 분이시고 덕분에 집으로 다시 들어가게 되었고 남편도 조금씩 고치기로 했다'고. 그리고 엄마가 달라졌다. 그 여자에게 사 줬던 걸 똑같이 다 사 달라며 아버지에게 요구했다. 가족 단톡방 사진 속 엄마는 고급스러운 초밥 앞에서 이를 드러내며 환하게 웃고 있었다. 어느 날은 손목과 발목에 보석을 두르고 늙은 남편이 찍어 주는 카메라 앞에서 해맑게 웃었다. 아껴서 뭐 하냐며 하고 싶은 거 이제는 다 할 거라 했다.

"그렇지! 할 수 있는 거 다 하소. 어무이 죽으믄 그 보석들 다 이 딸년 것이니, 그것도 자식 주는 거나 마찬가지라 여기소. 원껏 힘껏 재력껏 휘감으시소."

속옷 가게 앞을 지나며 젊은 남자 마네킹에게 입혀 놓은 화려한 꽃무늬 속옷을 보면서 엄마는 한참을 서 계셨다. 장난기가 발동해 히죽히죽 웃으며 놀렸다.

"빤스가 늘어나든 구멍이 나든…… 바람난 할배가 뭐가 좋다고 그러고 있노예! 누구 좋으라고."

어느새 엄마의 손에는 속옷 가게 작은 쇼핑백이 들려 있었다.

늙은 여자가 늙은 남자를 더 사랑하는 게 분명했다. 엄마가 큰 소리치며 갑이어야 마땅하다. 실상은 이상하게 돌아가고 있었다. 아버지는 예전보다 더 당당했고, 사춘기 시절 수줍은 여학생 마냥 엄마는 아버지 곁에 바짝 밀착해 있었다. 역시 내 촉이 정확했다. 갑은 아버지였다.

한바탕 소란에 나는 아버지의 비밀을 지켜 준 의리 있는 딸이 되었다.

"아부지, 사람은 말이야, 의리가 얼마나 중요해, 암만. 아빠에게 묻지도 따지지도 않고 백만 원을 몰래 보내 엄마에게는 나쁜 년 될지언정 아부지를 지켰다이. 아부지 청춘을 억수로 응원한데이."

요즘 부쩍 딸을 찾으시는 노부부 때문에 쇼핑이나 식당을 자주 가게 되었다. 아는 사람들을 만나면 부모님을 소개해 드렸다. 환하게 웃으면서 내 부모님을 반가워하는 사람들을 보며 노부부는 딸년이 세상 참 잘 살았다 여기셨다.

"아부지 아닌데예. 아버지 바람난 거 소문 다 냈다예. 모르는 사람 아무도 없다예. 그래가 저리들 웃으시는 기다예. 아부지 울 동네선 연예인급이시다예."

3. 아무도 가지 않는 길이 내 것이다

〈삐뚤빼뚤〉, 35×45, 2023

'삐뚤한' 것들의 균형

서른일곱 되던 해 도심에서 약간 벗어난 배고개 마을이라는 곳에 집을 지었다. 서른 평이 넘는 1층을 갤러리 공간처럼 통으로 비우고 2층에 가족이 생활할 수 있게 공간을 설계했다. 1층을 나의 작업실로 만들고 '기쁘게 노는 집'이란 뜻의 '유희재游喜齋'라고 지었다.

1층의 한 면을 가로 5미터 가량의 벽면 작품이 설치될 수 있도록 액자처럼 빈 틀을 만들어 놓았다. 한동안 지나다니며 빈 벽면을 바라보기만 하다 어느 날 글씨로 그 공간을 채우고 싶어졌다. '스칸디나비아라든가 뭐라고 하는 고장에서는 아름다운 석양 대통령이라고 하는 직업을 가진 아저씨가...'로 시작되는 신동엽의 산문시다. 내가 가장 즐겨 쓰는 한글인 자유로운 글씨체로 산문시 전체를 가득 채웠다.

벽이 글씨로 채워지고 난 다음 날 아침, 초등학교 1학년 아들의 등교 준비를 위해 방문을 열어 보니 아이가 보이지 않았다. 잠에서 깬 아이는 1층과 2층 사이 계단 중간에 앉아 작업실의 내 글씨를 뚫어져라 바라보고 있었다. 인기척을 눈치챈 아들은 고개를 갸우뚱거리며 나를 올려다보았다.

"엄마, 저 실력으로 사람들에게 서예를 가르쳐 주세요? 저렇게 삐뚤한 글씨는 저도 쓰겠는데 어떻게 어른이 저렇게 글씨를 쓸 수 있죠? 그리고 엄마는 서예 선생님이잖아요!"

5미터를 가득 채운 글씨는 크고 작고 굵고 가늘고 먹물이 묻혔다가 말았다가 진했다가 연했다가 심지어 삐뚤삐뚤하기까지 하다. 글씨를 바라보며 아이는 한숨을 쉬고 있었다. 이것이 아이의 첫 감상평이다.

"우리 선생님이 글씨는 반듯하게 써야 한다고 하셨어요. 삐뚤하면 마음도 그렇대요."

'글씨가 삐뚤하면 마음도 그렇다.' 서예가였기에 참 많이 들어온 말이다. 펜으로 글씨를 쓰는 동안 반듯하게 쓰는 것이 올바르다고 말한다. 어른이 되어서 상대방의 필체를 보았을 때 필체만으로 짐작되는 것들이 있다. 매력 있게 잘생긴 남자가 작고 둥글둥글한 글씨를 건넸을 때 피식 웃음이 난 적이 있었다. 글씨를 보고 그 남자에게 쏠렸던 관심이 한풀 꺾여 버렸다. 때로는 점잖게 생긴 여자가 매우 활달한 필기체로 거침없이 써 내려간 것을 보고 다시 고개 들어 그녀를 바라보기도 하였다. 삐뚤삐뚤…… 어린아이가 쓴 것과 같은 글씨. 여덟 살 아이가 바라보고 자기도 쓸 수 있겠다고 말을 던졌을 때 엄마인 나는 미소가 지어졌다. 이후로 내 글씨는 점점 더 삐뚤어졌다.

크고 작고 연하고 진하고 굵고 가는 글자들의 조합을 보는 것은 매우 흥미로운 일이다. 글씨가 삐뚤다고 어찌 마음까지 삐뚤다고 했을까. 글씨를 일부러 삐뚤하게 쓰는 것은 반듯하게 쓰는 것보다 훨씬 더 어렵다. 무척 창의적이어야 한다.

'삐뚤한' 것 사이의 균형과 조화를 이뤄 나가는 데서 새로운 아름다움이 창발하기 때문이다. 삐뚤하지만 균형을 잃지 않는 게 반듯하기보다 어렵다는 것을 아는 사람이 과연 얼마나 될까.

나의 바람은 내 아이처럼 감상하는 사람들이 고개를 갸웃거리며 그동안 갖고 있던 선입견이 흔들리는 것이다.

〈하고자 함이 없다〉, 35×45, 2023

무위자연

대학 시절 붓 잡는 일만큼 중국어나 일본어로 된 서예이론을 자주 뒤적거렸다. 그때 나를 사로잡은 것은 '무위자연無爲自然'이라는 말이다. 이후 지금까지 가장 많이 썼던 것도 무위자연이었고 가장 나다운 것도 무위자연이라고 생각했다.

무위자연은 인위적이지 않는 꾸밈이 없는 그대로를 말한다. 하고자 함이 없다는 것, 의도적이지 않다는 것이다. 이것이 내 삶에서 뿐만 아니라 글씨에서도 그러하기를 원했으며 나에게는 끝없는 숙제와도 같았다.

즉흥적인 것을 좋아하는 내 삶 역시 즉흥적이어서 나를 가장 위로해 주는 말이기도 하다. 음악도 클래식보다는 재즈를 좋아한다. 큰 덩어리로는 일을 기획하지만 결국에는 모든 것들이 즉흥적이다. 기본 뼈대만 잡아 놓고 구체적이고 세부적인 것은 순간순간 변한다. 예상되는 대로 가는 것을 원하지 않는다.

나의 이런 즉흥은 모든 걸 긍정하는 것에서 오는 건지도 모른다. 이것도 좋고 저것도 좋고, 이것만 옳은 게 아니라 저것도 옳을 수 있다. 난감한 일에 봉착하면 그럴 수도 있지 싶어 곧장 경로를 바꾼다.

힘을 빼는 것. 수영을 배울 때도 자전거를 배울 때도 힘을 빼야만 한다. 골프채를 휘두를 때도 그랬다. 정신을 쓰며 붓을 움직이는 서예는 더할 나위 없다. 나는 평생 힘을 빼야만 했다.

용 쓰는 일을 삶에서도 덜어 내면 인생이 훨씬 단순해지고 여유로워진다. 원하는 것을 더 할 수 있었고 넉넉하게 시간도 남는다. 사는 일에 지쳐 하소연하는 친구들에게 나는 말하곤 한다. 에너지는 쓸 곳과 쓰지 않는 곳을 구분해야 한다고.

무위자연은 글씨를 쓸 때도 기운생동 못지않게 매우 귀한 요소이다. 의도하지 않고 인위적이지 않은 아름다움은 일부로 흉내 내어 만들어 낼 수 없는 최고의 경지다. 삶에서도 글씨에서도 이것만 제대로 된다면 자신 있게 사람들을 마주할 수 있을 것이라 여겼다.

나의 글씨는 나를 닮아 있다. 어설픈 듯 자유롭지만 질서가 있다. 삐뚤빼뚤하지만 어지럽지 않다. 재미있지만 엄격하다. 힘이 있지만 부드럽다. 사람들은 이전에 본 적 없는 나의 글씨를 '순원체'라고 부른다. 무엇보다 나만이 쓸 수 있는 글씨이기 때문이다. 서예사 문헌을 뒤져도, 교본을 뒤져도 찾아볼 수 없는 글씨다.

매일 나를 닮은 글씨를 쓰고 있다. 자고 일어나면 느낌이 바뀌고 해가 지나가면 또 달라져 있다. 나 역시 매일 변하기 때문이다. 문득 깨달았다. 이제는 글씨가 나를 닮은 게 아니라 내가 점점 글씨를 닮아 가고 있다는 것이다. 순원이라는 본질은 그대로인데 내가 글씨대로 변해 가고 있었다.

글씨가 점점 힘이 빠지면 나도 내 삶에 힘을 빼고 있었고 글씨가 무던해지니 내 삶 또한 무던해지고 싶었다. 욕심이 빠지고 있는 글씨를 보면서 인생에서 뭐가 그리 환장할 일인가 싶기도 하다. 글씨를 따라가는 내가 느껴지기 시작했다. 가수의 일생이 그가 부르는 노래 가사처럼 된다는 말처럼.

사람들은 글씨를 먼저 만나고 이후 서예가를 보게 된다. 때로는 부끄럽다. 글씨가 감정을 그대로 드러낸다. 미친 듯이 쏟고 싶을 때 강한 필선으로 쓰다 보면 사람들은 내 감정을 눈치챈다. 물 흐르듯 부드러워지고 싶어 몇 자를 쓰고 나면 어느새 순해져 버린 나를 보며 웃어 주고 있다.

내가 선비같이 고고하게 늙어 가길 원했다면 나는 지금도 여전히 아름다운 궁서체를 쓰고 있을지도 모른다. 일본 영화 〈실낙원〉에서 서예 강사인 여자 주인공을 보고 '궁서체를 닮은 여자'라는 대사가 있었지만 난 아무래도 그쪽과는 거리가 멀다.

화려한 듯 고고하고 안정적인 궁서체보다 '순원체를 닮은 사람'으로 불리기를 원했다. 자유로우면서 대범하고, 변화무쌍하면서도 일관되고, 촌스러우면서도 세련된 사람이기를 원한다. 니에게 최고의 칭찬은 '순원체를 닮은 사람'이다.

글씨 예술은 나였다. 사람들은 글씨처럼 서예가를 사랑해 주었다. 인격적으로 전전긍긍하고 있는 모습까지도. 서예는 글씨 예술에만 머무르지 않고 한 사람의 서예가 바로 그것이다.

〈웃픈〉, 35×45, 2023

낯선 서예의 시대

출강하고 있는 대학이 미술교육과라 조금은 다를 것이라고 여겼다. 첫 출강 때, 초중고 시절 붓을 잡아 본 친구가 있는지 확인하니 서너 명이 조심스럽게 손을 들었다. 조금씩 줄더니 이번 학기에는 아무도 손을 들지 않는다.

2000년대에 태어난 그들에게 서예란 어떤 예술인가. 붓을 잡고 글씨를 써 내려가니 학생들은 TV 사극에서 보았다며 신기해했다. 인스타 소재라며 사진과 동영상을 찍는다. 교육하지 않는 학교의 문제인지, 서예가의 책임인지 생각이 많아졌다. 이젠 그들 앞에서 서예가는 동시대 사람이 아니었다.

한자가 낯설었다. 서예의 도구인 문자가 대부분 한자라 젊은 세대에게는 익숙하지 않다. 한자를 굳이 사용하지 않아도 되는 세상이다. 한자어가 대부분이지만 외래어를 비롯해 다종 다기한 언어가 소리문자인 한글에 담기고 있다. 내가 한글 서예가가 된 이유이기도 하다. 살아 있는 문자인 한글에 삶을 담는 서예가가 되고 싶었다. 한글의 자형을 자유자재로 바꿔 가며 나만의 글씨체인 순원체를 만들었다.

학생들은 법첩法帖을 핸드폰 카메라로 찍고, 그것을 보며 글씨를 잘도 따라 쓴다. 법첩을 확대하거나 선생에게 받은 체본體本으로 획의 각도와 굵기까지 그대로 따라 쓰며 반복했던 우리 세대와는 다르다. 역시 종이보다는 화면이 더 편한 세대이다. 서예술書藝術을 공유해야 하고 다음 세대에게 자연스럽게 넘어가야 한다는 초조함을 2000년대 생들을 바라보면서 느꼈다.

그들에게는 서예의 세로쓰기 또한 불편하고 낯선 이유다. 교과서나 성경책조차도 가로쓰기로 모두 바뀌었는데, 서예는 여전히 독립선언문 쓰던 그 시절처럼 오른쪽에서 시작하는 세로쓰기 중이다. 서예가가 세로쓰기를 고집하는 사이 판화가 이철수 작가나 신영복 선생은 한글 가로쓰기 문자 예술로 대중들을 사로잡았다.

서예가들은 서예 전문 잡지나 그들만의 공간에서 이러한 세태를 한탄한다. 대중들의 인기에 영합하지 않고 자신만의 예술 세계를 추구하고자 한다. 대중들이 서예의 귀함을 몰라준다고 푸

넘하고 서러워한다.

공감할 수 없는 예술은 소리 없는 아우성일 뿐이다. 소수만의 리그일 뿐이다. 붓으로 심장을 찌르는 전율을 전하지 못한다면 서예술은 사라질 것이다. 서예가 점점 낯설어지고 있어서 그런지 붓을 들고 나가면 나는 희소성의 가치에 부합된 사람이 되어 그들에게 열광을 받는다. 참 '웃픈' 현실이다.

펜글씨조차도 드물어진 세상에 붓의 단절은 서예를 연구하는 입장에서 위기이다. 서양의 클래식과 미술사에 뒤지지 않는 서예사書藝史 또한 오랜 역사 속에서 찬란한 문화를 만들어 왔다. 하지만 다음 세대까지 이어지지 못한다면 어찌 이를 예술이라 하겠는가.

〈당연히 되지요〉, 35×45, 2023

서로를 알아보는 말없는 대화가 황홀하다

서른 즈음이었다. 삼천포 시내에서 서예원 간판을 올리고 적응해 가던 시절이었다. 추운 겨울, 한밤중에 휴대폰이 울렸다. 시계를 들여다보니 밤 12시가 넘어간다. 핸드폰 너머 목소리는 술이 거나해진 미술협회 선생이셨다.

미술협회에 가입한 지 얼마 되지 않았지만 대학 서예과 출신이 지역에 내려와 서예원을 열었다는 것 때문에 나는 사람들에게 관심의 대상이 되어 있었다. 술이 제법 취하신 선생은 미술 교사였고 한국화를 전공한 전통예술에 관심이 많은 분이셨다. 글씨와 전각을 좋아하셔서 작업도 꽤 하셨다. 모임에서 몇 번 마주쳤지만 서로의 전시를 보며 조용히 응원하고 있었다.

진주에서 택시를 타고 집이 있는 사천읍으로 내려오며 젊은 서예가 생각이 났다고 하셨다. 택시를 20분 더 달리면 내가 있는 삼천포로 올 수 있다고 했다.

"순원 선생, 붓 잡고 글씨 쓰고 싶어요. 제가 지금 그쪽으로 가면 안 될까요?"

조금의 망설임도 없이 "당연히 되지요."라고 대답하고는 침대에서 벌떡 일어났다. 옷을 주섬주섬 갈아입고 밖으로 나오니 12월 한겨울 바람이 매서웠다. 선생을 태운 택시가 도착하려면 30분이 남았으나 얼른 서예원으로 가 불을 밝혔다. 얼마 전 설치한 장작 난로에 나무 몇 동가리 던져 놓고 불을 지폈다. 장작 난로가 벌겋게 열을 내기 시작할 무렵 술에 기분 좋게 취하신 선생이 2층 서예원으로 올라오셨다.

벼루에 먹물통이 비워지도록 가득 부었다. 붓을 종류대로 몇 자루 펼쳐 놓았다. 선생은 언제 술을 마셨느냐는 듯이 두 눈이 빛나기 시작했다. 선생 앞에 화선지 한 묶음을 펴 놓으며 이 종이가 다 사라질 때까지 붓 한번 휘둘러 보자 말했다.

먼저 선생이 붓을 잡았다. 한자 명구를 술술 써 내려갔다. 획은 힘이 있고 강건했다. 기운이 넘치고 획을 따라 붓이 춤을 추었다. 붓을 지극히도 사랑했던 선생이었다. 곧장 내가 붓을 건네받았다. 사군자를 한 폭씩 그려 내려갔다. 한자의 필의筆意나 대나무의 필의가 다르지 않았고 난초의 선은 수려했다. 내가 그림을 그리지만 선생이 글씨 쓰는 것과 그 획이 닮아 있다.

서로 자기가 하고 싶은 대로 상대방의 영역을 오가며 붓질을 하기 시작했다. 그림 선생은 글씨를 쓰고, 글씨 선생은 그림을 그리고 있다. 기분이 한껏 오른 선생은 갓 서른이 된 서예 선생의 붓놀림을 보고 감탄을 쏟아내 주었다. 서예가로의 인정의 순간이었다.

화선지 한 묶음이 바닥을 보이니 서예원 큰 창으로 날이 밝아오기 시작했다. 몇 시간을 붓질 소리와 바스락거리는 종이 소리로 적막함 속에서 자신을 드러내고 있었다. 기괴한 적막 속에 말없이 붓으로 대화하며 서로를 알아 가던 그 날.

그 순간을 나는 아직도 기억한다. 말없이 그어지던 획은 그 어떤 퍼포먼스보다 많은 말과 감정을 표현했다. 나이차를 넘어선 나와 선생은 세상에 단 둘만 존재하는 듯 서로에게 집중하며 붓으로 대화를 나누었다. 서로를 알아보고 뜨겁고 황홀하게 만나는 순간이었다. 그때 서른의 나는 오십이 되었고, 마흔의 그 선생은 얼마 전 학교를 퇴임하셨다.

세대와 남녀를 넘어서 한 인간과 한 인간이 붓으로 서로를 펼쳐 냈던 기억 이후, 나는 이제 아랫세대 누군가와도 그 시절의 추억을 되풀이하고 싶어졌다.

〈첫〉, 35×45, 2023

'첫'이라는 흥분이 일으키는 증상

사람의 마음을 좌지우지하는 단어중 하나가 '첫' 이라는 단어다. 젊은 시절에는 첫사랑, 첫 미팅, 첫눈, 첫 여행, 첫 경험들로 가슴이 뛰었다. 나이 들수록 처음으로 경험하게 되는 일들을 만나기가 쉽지 않다. 예전에 갔던 그 곳이었고, 어머니가 해주시던 그 맛이었으며, 그때 보았던 그 사람이다. 나는 기억이나 추억, 향수가 더 어울리는 사람이 되어 있었다.

내게 요즘의 최고 화두가 무엇이냐 묻는다면 나는 망설임 없이 '첫'이라는 단어가 떠오른다.

"당신들은 저의 첫 콘서트 관객입니다."

"이곳에 앉아 있는 여러분이 제 대학 출강의 첫 제자들입니다."

"이 지면이 첫 신문칼럼입니다."

처음을 경험하면 그 뒤 익숙함이 따라오게 되고, 익숙함은 편안함을 가져다주었다. 처음은 어떻게 펼쳐질지 모르는 두려움과 새로운 것에 대한 기대감으로 심장을 쫄깃하게 만든다. 둔해질 대로 둔해져 버린 그 심장의 박동소리도 '첫'이라는 단어 앞에서 갓 만들어진 심장마냥 섬세하고 촉촉하다. '첫'은 다시는 겪을 수 없다. 두 번 다시 오지 않는다.

얼마 전부터 침을 삼키기 힘들 정도로 목이 부어오르고 치통이 다시 시작되었다. 신경이 예민해지면 생기는 지병쯤으로 안고 가야 한다고 여겼다. 이 익숙한 지병에 처음 겪는 증상이 더해졌다. 손과 발이 쉬지 않고 시계추처럼 움직이고 실없이 비실비실 웃는 것이다. 눈앞이 환해지고 세상이 아름답고 눈부시다. 이것은 '첫'이라는 흥분이 일으키는 증상이었다.

남들이 정해 놓은 규칙 따윈 중요하지 않다. 하고 싶은 것들은 하고 보는 거다. 놀아야 보이는 것들이 있다. 잘 놀면 예상하지 못했던 경이로운 인연들을 만난다. 미쳤다는 소리를 들어도 꿈을 꾸는 사람만이 볼 수 있고 경험할 수 있는 세상이 되었다.

처음으로 서예 강연 의뢰가 들어왔다. 서예를 붓으로 가르치는 일이 아니라 강연자가 되어 서예를 이야기하는 것이다. 순간 서예는 너무 무겁다는 생각이 들었다. 서예가 아니라 글씨 강연을 하겠다고 제안했다. 그냥 글씨만은 따분하다. 글씨 콘서트를 상상했다. 나의 첫 강연 대상이 누구냐고 물으니 중등 과학 교사라고 했다. 과학 선생님들을 앞에 두고 글씨 감성을 이해시킬 수 있을까를 고민했다.

한동안 기타 치며 공연하러 다닌 게 그냥 공으로 보낸 세월은 아니다. 글씨에 어울리는 노래가 떠올랐다. 글씨 콘서트를 준비하는 게 어찌 이리 친구들과 만든 기타 공연이랑 똑같을까. 글씨에 음악이 입혀지니 눈과 귀가 화려해지고 묘한 감동으로 코끝이 시려 온다. 가지고 놀던 기타가 아닌 붓으로 하는 공연. 나는 서예가이기에 글씨의 아름다움을 사람들에게 보여 주고 싶었다. 첫 글씨 강연이기 때문이다.

당일 강연장 안은 어수선했다. 방학 중 교육 연수 받으러 온 그들은 다들 오랜만에 만난 듯 서로 인사를 나누기에 바쁘다. 이때 강연장 무대에 비틀즈의 '렛잇비'가 가야금으로 연주되어 흘러나왔다. 다들 하던 행동을 멈추었다. 서예가로서 내가 무대로 등장했다. '순원의 글씨 콘서트'라는 여덟 글자를 커다랗게 일필휘지해서 무대 위에서 펼쳤다.

마이크를 잡고 우리 한글 서예의 아름다움에 대해 강연하기 시작했다. '섬 집 아기' 음악이 흐르고 가사를 붓으로 써 내려갔다. 간주가 끝날 무렵 붓을 놓고 마이크를 잡은 김에 2절 한 소절을 따라 불렀다. 청중들이 함께 불러 줄 거라 믿었다. '서른 즈음에' 기타 인트로 부분은 우유를 뿌려 주면서 글씨를 뿌연 담배 연기처럼 표현했다.

한글 서예가 얼마나 친근한지 보여 주고 싶었다. 글씨 강연이 계속되는 동안 자리에 앉아 있던 사람들은 모두가 일어서 카메라에 이 순간을 담아내기 바빴고, 묵향이 가득 채워진 공간에서 모두가 뒤섞여 행복해했다.

수십 년 공부해서 얻은 글씨를 관객 앞에서 써 내려갔다. 그동안 서예가가 작업했던 작품을 영상 파노라마로 보여 주었다. 작품들이 지나간 시간을 말해 주며 펼쳐졌다. 첫 강연이 끝났지만 서예가도 사람들도 오랫동안 그 자리를 떠날 수 없었다.

〈뽀뽀〉, 35×45, 2023

당당하고 뻔뻔해져야 한다

넉 달 정도의 밤샘 작업을 예상하고 시작된 나의 작업실은 연일 불이 꺼지질 않았다. 본격적인 글씨 콘서트 준비가 한창이었다. 수년 동안 모아온 작품 사진을 편집하고, 영상을 만들고, 함께 무대에 오를 예술가를 섭외하고, 그들과 공연을 만들고, 음악을 고르고, 공연할 글씨를 선별하고, 공연 포스터를 만들고, 음향과 조명과 무대를 섭외했다. 공연 무대 위로 올릴 작업이 한창인 작업장은 마치 거대한 늪과 같은 일상의 연속이었다.

글씨 콘서트 티켓을 사서 들어오는 760명의 관객에게 나는 그들의 이름을 도장으로 새겨 주고 싶었다. 한 번도 본 적도 들은 적이 없었을 서예 공연을 보려고 믿고 표를 산 사람들을 위해 준비하는 서예가의 선물이었다. 엄청난 양의 도장을 새길 터라 티켓 판매는 4개월 전에 시작되었고 그들의 이름을 접수하며 긴 대장정을 준비했다. 티켓은 금방 매진되었고 천 개 정도의 도장 돌을 주문하니 작업장은 엄청난 돌무덤이 되어 버렸다.

　도장은 우선 밑면을 다듬어야 한다. 사포에 적당한 힘을 주어 갈아야 한다. 돌 절단한 자국이 있는 밑면을 사포에 돌려 평평하고 미끈하게 만들어야 했다. 그래야 이름을 새겼을 때 도장이 찍힌다. 어마어마한 양의 돌을 보여 주었더니 사람들은 오며 가며 얼굴을 내밀었다. 그들을 끌어당겨 주저앉혔다.

　넉 달간의 밤샘 작업을 마쳐서야 겨우 허리를 조금 펼 수 있게 되었다. 도장이 완성되는 과정의 사진이 영상으로 옮겨지는 순간이었다.

　뜨거운 여름 뙤약볕을 피하려 작업실에 들어왔다가 꼼짝없이 잡혀 일손을 거들고 있는 양복 입은 남자가 보였다. 수고로움을 위로해 주려 커피를 들고 들어온 젊은 낭만가는 결국 함께 노동요를 불러 주었다. 뚜껑 닫은 스포츠카를 타고 폭우 속을 뚫고 온 두 중년의 멋쟁이는 비 내리는 부산 해운대의 첫사랑을 얘기하며 열심히 돌을 갈아 주었다. 새벽 어시장 다녀오던 요리사도 새벽 작업실 불빛에 문을 두드렸다가 돌을 갈았다.

　글씨 콘서트는 서예가 혼자 만드는 공연이 아니라고 큰소리를 쳤다. 당신들과 함께 만드는 공연이라고 너스레를 떨었다. 서예가를 돕는 작업 또한 예술이니 당신들도 예술가이고 이러한 영광은 아무에게나 주어지는 것이 아니니 감사하시라는 이상한 논리를 펼치며 한바탕 웃기도 했다. 그들은 입꼬리를 올리며 마냥 웃어 주었다. 손에 돌가루 잔뜩 묻어도 좋다고 웃으며 할당량만큼 열심히 갈았다.

　나의 작업실은 늪이었다. 왔다가 그냥 빠져나갈 수 없었다. 기꺼이 그들은 나가지 않고 함께 늪에 빠져 주었다. 모두가 늪에 빠진 것이다. 나는 더 당당하고 더 뻔뻔해져야 했다.

〈지금 이 순간〉, 35×45, 2023

미치지 않으면 미칠 수 없다

글씨 콘서트는 서예가 얼마나 아름다운지, 얼마나 실용적인지, 얼마나 대중적인 예술인지 사람들에게 보여 주기 위해 기획되었다. 글씨로 오감을 열어 주고 싶었다.

한때는 서예 하는 사람보다 악기를 연주하는 사람들과 노는 걸 좋아했다. 나의 작업실을 지으면서 기쁘게 노는 집 '유희재'라는 당호를 지은 이유다. 콘서트 같은 축제를 벌여 사람들을 초대하고 함께 놀았다. 서예가가 붓이 아닌 악기로 놀면서 서예도 이처럼 흥겨웠으면 싶었고, 여러 장르 속에서 서예가 문득 최고의 놀이가 될 거란 예감이 들었다.

서예라는 예술은 문자를 사용하고 그 문자가 가지고 있는 영역은 무한하다. 문자를 사용해 글씨 콘서트라는 이름으로 강연장에 서자 사람들은 2시간 동안 작은 콘서트를 보았다고 말했다. 사람들이 강연장을 나서면서 예술이 된 글씨를 사랑해 주길 바랐다. 이렇게 기획한 콘서트 형식의 서예 강연이 대형 콘서트로 확대되었다.

지역 신문사의 창간일이 한글날이었고 그날에 맞춰 신문사와 함께 글씨 콘서트를 무대에 올려보자는 제안을 받았다. 나는 분주해지기 시작했다. 손으로 뭉친 눈이 눈 위를 구르다 거대한 눈사람이 되듯 자고 일어날 때마다 일은 커져만 갔다. 시작할 때는 연극무대 정도 크기를 생각했는데 시간이 갈수록 점점 대형 콘서트가 되었다. 평면의 서예를 입체 서예로 제대로 보여 주고 싶었다. 무대를 향한 상상과 욕심은 끝이 없었다.

사십 대 마지막 끝자락에 많은 사람을 상대로 도박의 패를 던졌다. 이왕에 일이 이리 되었으니 일 년을 한번 진하게 보내기로 마음먹었다. 글씨 콘서트 티켓이 판매되기 시작하는 순간부터, 내 몸은 내 것이 아니었다. 아프면 안 된다는 불안한 책임감이 사라지질 않았다.

긴 준비 기간 동안 지치지 말라고 커피 값을 넣어 주며 흥분하는 사람들과 나보다 더 기다리며 행복해하는 사람들, 그리고 자고 일어날 때마다 응원하는 사람들이 몰려들었다. 누군가를 만날 때마다 수많은 도움이 새롭게 생겨났다. 기적이 일어나고 있었다. 나의 관객이 될 사람들의 응원을 받을수록 값어치라는 단어가 머리에서 떠나지 않았다.

사람들이 기대하는 그 이상의 가치를 만들어 내지 못하면 나는 사기꾼이 될 것이다. 나는 더 뻔뻔해지기로 했다. 더 당당해지기로 했다. 내가 평생 사랑한 글씨 예술은 충분히 자랑할 만한 자격이 있었다. 글씨 콘서트라는 타이틀을 내걸고 내가 마치 붓인 것처럼 휘젓고 다니기로 다짐했다. 무대에서 광기 다분한 광대가 되기로 했다.

분명 매일 발 뻗고 잠을 청하지 못할 것이다. 넉 달이 고행의 길이 될지 행복한 여행이 될지 알 수 없었다. 자신감에 차 오만한 듯 지극히 나약하고, 저돌적이면서도 지극히 소심하고, 가득 찬 듯이 헉헉거리면서도 지극히 비어 있다.

내 머릿속은 매일같이 새하얀 수십 장의 화선지가 왔다갔다하기를 반복한다. 밤마다 사람들의 이름을 불러가며 돌에 새길 인연을 준비하고 있었다. 나는 생애 최고의 아찔한 모험을 고독하게 준비하고 있었다.

2019년 10월 9일 한글날. 사천시예술회관 대공연장 로비에는 760여 점의 도장이 담긴 종이 가방들이 펼쳐져 있었다. 공연장으로 입장하는 순간부터 사람들은 자신의 이름이 쓰인 서예 세상으로 초대되었다. 저마다 자신의 이름을 찾아내며 앞으로 펼쳐질 글씨 공연을 기대했다. 그동안의 준비한 것들이 드디어 무대 위에서 큐 사인을 기다리고 있었다.

무대 위에 10미터짜리 거대한 흰색 천이 깔리고 가야금 연주로 카논이 울려 퍼졌다. 그 위에서 나는 훈민정음 서문을 휘호하고 그 사이 무대 장막이 열렸다. 무대 뒤 대형 스크린으로 붓의 움직임을 보여 주고 있었다. 관객들은 숨을 죽였다. 가야금 연주에 이어 바이올린과 기타가 그 뒤를 이어 클라이맥스를 장식했다. 훈민정음 서문이 글씨로 무대를 가득 채웠다.

그동안의 서예 작업들을 스크린 영상으로 펼쳤다. 마이크를 잡은 손은 막 끝낸 글씨 퍼포먼스로 아직 그 떨림이 가시지 않았다. 호흡이 가빴지만 금세 가라 앉혀야만 했다. 한글 서예로 만들어진 작품들이 무대 화면을 가득 채웠다.

두 번째 영상이 올라왔다. 글씨 버스킹이었다. 그해 여름 중국 3성을 여행하며 글씨 버스킹 했던 장면들이 펼쳐졌다. 뜨거운 한여름 길에서 부채에 글씨를 쓰거나 윤동주 시인이 다녔던 명동학교에서 함께 여행하는 청년들의 이름을 출석 부르듯 써 주었다. 비가 추적추적 내리는 날 윤동주 생가 툇마루에서 그의 시 〈새로운 길〉을 쓰는 퍼포먼스를 했다. 이 여정의 기록들이 영상으로 펼쳐졌다.

다음 영상은 4개월 동안 760여 명의 관객 이름이 전각 도장으로 새겨지는 과정을 카메라에 담은 것이다. 관객들은 도장 영상이 펼쳐질 때마다 자신의 이름을 찾으며 즐거워했다. 수백 개의 도장이 작품이 되는 광경은 그야말로 장관이었다. 공연이 끝나면 그들은 로비에 전시되어 있는 자신들의 도장을 마주하게 될 것이다.

그동안 신문사에 기고한 글 중에 "일흔아홉의 택시 드라이버"라는 내 아버지의 이야기를 골랐다. 접이식 긴 화첩에 쓰고 한 컷 한 컷 촬영했다. 관객들은 화면으로 한 장면씩 펼쳐지는 글씨를 보며 낭송되는 글을 귀로 들으면서 자신들의 아버지를 기억하며 눈시울을 붉혔다.

춤꾼이 양손으로 긴 천을 잡고 나는 그곳에 앉아 글씨를 써 내려갔다. 다 쓰고 난 뒤 춤꾼은 긴 천을 들고 서서히 살풀이를 시작했다. 글씨가 춤과 함께 무대를 휘감았다.

대형 글씨 퍼포먼스를 위해 무대 가득 흰 천이 깔렸다. 큰 붓을 들고 두 명의 서예가가 등장하고 '홀로 아리랑' 연주에 맞춰 몸이 리듬을 타기 시작했다. 무대 흰 천 위에서 홍대로 붓을 휘둘렀다. 객석까지 묵향이 진동해 이 곳 저 곳에서 탄성이 들렸다. 묵향이 가득한 공연장 안으로 관객 속에 있던 가수가 등장하면서 '낭만에 대하여'를 구성지게 불러 주었다.

글씨 콘서트를 준비하면서 사람들에게 좋은 우리말을 공모했다. 200여 개의 우리말을 색색이 한지에 썼다. 한글 서예의 모든 영역을 끌어왔다. 한글 판본체와 정자와 반흘림과 진흘림 그리고 순원체까지 고루 섞어 글씨를 썼다.

'웃는 얼굴이 멋져' '네 곁은 내 자리' '넌 눈부셔' '나만 믿어' '그냥 좋아' '지금 이 순간' '너뿐이야' '반짝이는 그대' '대견해' 등등.

글씨를 쓰는 내내 입으로 불러 보는 우리말에 나는 행복했다. 공연이 시작되기 전 한지에 적은 이 글씨들을 객석마다 붙여 놓았고 관중들을 그것을 높이 들며 환호해 주었다.

마지막 순서. 네 명의 서예가가 공연장 바깥까지 연결되는 네 개의 긴 두루마리 종이에 글씨를 쓴다. 공연장을 가득 채운 '행복의 나라로' 노래가 나오면서 서예가들은 글씨를 쓰고 관객들은 객석에서 모두 일어나 자신 앞으로 지나가는 두루마리 글씨를 받쳐 들었다. 모든 관객이 자리에서 일어나 마지막 피날레를 만들어 주었다. 서예가와 관객이 함께 만드는 글씨 콘서트가 이렇게 막을 내리고 있었다.

우리는 그동안 서예를 전시장에서 접해 왔다. 전시장 벽면에 액자로 걸려 있는 서예는 평면예술이다. 나는 한글 서예 대중화

를 위해 이 평면예술을 입체적인 종합예술로 만들어 보여 주게
되었다.

〈아님 말고〉, 35×45, 2023

'아님 말고' 정신

일상에서는 지인들이 종종 놀리듯 나는 '손이 많이 가는 사람'이다. 글씨 쓰는 일에만 완벽주의 기질이 발동한다. 온전히 글씨 작업으로만 과하게 비정상적으로 쏠려 있는 나를 종종 발견한다. 나는 한동안 왜 자꾸 심장이 미친 듯 뛰는지 의아했다. 붓을 들고 무대에 서거나 강연하려고 마이크를 들고 청중 앞으로 나가기 전 심장이 과하게 뛰었다. 완벽주의에서 오는 욕심 때문이었다.

방법을 찾아야 했다. 몰래 청심원을 마셨다가 입에서 나는 한약 냄새 때문에 옆 사람에게 부끄러웠던 적이 있다. 커피 때문인가 싶어 커피를 중단하기도 하고, 마음을 비우며 '아무 일도 아니다'를 수없이 외기도 했다.

기막힌 건 내 심장은 이렇게 뛰는데 사람들은 아무도 눈치채지 못한다. 막상 그 순간이 다가오면 언제 심장이 그랬냐는 듯 붓을 들고 한바탕 정신없이 놀고 있었다.

심적으로 나를 다스리는 방법밖에는 없었다. 마음 훈련이 필요하던 차에 나를 지킬 수 있는 단어를 찾았다. "아님 말고." 끊임없이 이것을 쓰기 시작했다. 작업실에 족자로 하나를 붙이고는 계속 바라보았다. 한편으로는 왠지 모를 죄책감에 시달렸다. 아니면 말라는 것은 무척 성의 없는 행동 아닌가. 책임감이라고는 전혀 보이지 않는 사람처럼 여겨질지도 모르겠다. 자기중심적이라고 여길까 봐 마음이 불편하기도 했다.

하지만 난 '아님 말고'가 너무 좋다. 이것은 나를 보호해 주는 안전장치였다. 나는 몸이 힘든 건 얼마든지 견딜 수 있었지만, 마음 힘든 것은 견디기 어렵다. 정신적인 괴로움은 내 목을 심하게 옥죄었다. 이 예민한 기질 때문에 조심스러워 생각만 하다 뭔가를 접는 경우가 많았다. 미리 일어나지도 않은 일에 대해 온갖 경우의 수를 계산하는 사람이 나였다.

'아님 말고'는 끝없이 부정적일 수 있는 내 마음에 '스톱'을 걸어주었다. 이것은 단순한 포기가 아니다. 욕심을 버려도 괜찮다는 뜻이다. 사람이든 물건이든 욕심이 자리하는 순간 마음은 지옥이 된다. 스스로 그 지옥에 들어앉아 에너지를 낭비하게 된다. 특히 사람에 대한 욕심은 별안간 누군가를 미워하게도 만들고 뭔가를 계획하고 수단과 방법을 동원해 가며 머리를 짜내고 있었다.

지옥 중 최고는 누군가를 미워하는 마음이었다. 미움을 맞이하는 순간 내 마음은 더욱더 끝없는 동굴 속 나락으로 떨어졌다. 이것이 참을 수 없는 고통이었다.

'아님 말고'를 써 놓고 보니 오롯이 나를 닮은 글씨 꼴이다. 사람들이 느낄 서예가를 생각했지만 그 또한 아님 말고다. 힘 있는 필체로 아무렇지도 않게 ㅇ을 돌리고 세로획을 내려 그으니 마음이 평온해지기 시작하다가 '고'의 마지막 가로획을 마무리하며 언제 그랬냐는 듯 치유가 되곤 했다. 그렇다. 글씨를 쓰면서 나는 '아님 말고'를 수없이 속으로 외치고 있었기 때문이다.

'아님 말고'는 내가 남과 조금은 다른 서예가로서 겪는 정신적인 스트레스를 다스려 주고 당당할 수 있는 방편이다.

〈쪽팔려서〉, 35×45, 2023

나는 왜 한글 서예가가 되었는가

나는 오랫동안 한자 서예를 잘 쓰고 싶어서 부단히도 애썼다. 상형에 가까운 형태부터 흘림의 형태까지 수십 년을 한자로 붓을 잡았다. 공모전에서 상을 받은 것도 한자였고, 전시하며 세상에 먼저 발표한 것도 한자로 써 내려간 글씨였다. 그러다 어느 순간 한참을 써 놓고도 부드럽게 해석해 내지 못하는 내가 한심했다. 예술이랍시고 완전히 체화되지 않은 언어를 가지고 하고 있는 내가 이해되질 않았다.

읽어 내며 이해하는 게 아니라 해석하며 알아야 하는 한자라니. 서당을 다니며 논어와 중용을 공부하고 심지어 중국어를 공부한다고 젊은 시절 중국도 다녀왔다. 내가 들이는 노력에 비해 한자는 아직도 해석해야만 이해가 가능한 언어이지 나의 모국어는 아니다.

한자는 내 언어가 아니란 생각이 들면서 내가 사용하는 언어로 서예를 하고 싶었다. 불편한 모호함에 빠져드는 것을 견딜 수 없었기에 이때부터 일상에서 공기처럼 사용하는 한글을 바라보게 되었다.

사람들이 어떻게 한글을 쓰는 서예가가 되었냐고 물어 오면 나는 대답한다. 쪽팔려서 그렇다고. 한 번에 읽어 내지 못하는 한자를 쓴다는 것이 쪽팔리고, 읽으면서도 바로 이해하지 못해서 쪽팔리고, 이해하면서도 공감하지 못해서 그렇다고. 도저히 한자로는 내가 충분히 소통하지 못하겠다고 말한다. 내 얘기를 붓으로 쓰고 싶은데 한자로 하자니 나도 어렵고 보는 대중도 어려울까 그렇다고 말한다.

우리나라 밖으로 나가 서예가의 예술을 보여 줄 때 그것은 분명 한글이어야만 했다. 중국 사람도 아니고 일본 사람도 아닌 한국인 서예가가 한글을 쓰는 일은 당연한 일이다. 그래야만 나는 당당할 수 있을 것이다. 한자를 못 쓰는 게 아니라 한글을 쓰지 않는 서예가가 더 쪽팔려서 그렇다.

한글이 서예가에 의해 새롭게 창작되어 사람들에게 감동을 준다는 것, 우리가 가장 흔하게 사용하는 언어가 예술이 될 수 있다는 것은 실로 멋진 일이다. 처음엔 쪽팔려서 시작한 게 이제는 좋아서 하는 일이 되었다. 좋아서 했더니 사람들도 호응하기 시작했다. 공기처럼 여겨 생각 없이 쓰던 한글이 서예가인 내 손에서 놀아나니 달리 보인다고 말한다. 한글의 힘을 나의 서예를 통해 보게 되었다고 말할 때 기쁘다.

나는 서예가끼리의 교류를 그다지 즐기지 않았다. 같은 스승 밑에서 글씨를 배우고, 같은 법첩으로 글씨를 쓰고, 같은 주제로 얘기를 하고, 같은 세상에서 차를 나누며 술잔을 주고받는 사람들의 교류가 싫었다. 제도권이 싫었다. 한 번씩 고독하다고 느낄 때는 그래도 가장 공감대가 맞는 서예가들과의 교류가 더 낫지 않을까 흔들린 적도 있었지만 아무래도 나는 얽매이는 관계가 싫었다. 그때 상을 주겠다는 것을 덥석 받았으면 나는 더 행복했을까. 그때 자리를 만들어 주려는 것을 냉큼 받았다면 더 이름을 날렸을까. 나는 왜 남들이 걸어가는 그 길들을 거부했을까.

본격적으로 붓을 잡은 지 30년이 흘렀다. 수월한 길조차도 거부해 버렸던 자존심 때문에 참 멀리도 돌아서 여기까지 왔다. 주변에 많은 사람이 있지만 서예 안에서는 난 항상 외로웠다. 깊이 물든 내 색깔을 누구와도 나눌 수 없다. 사람들 속에 있다가 붓을 잡는 시간으로 다시 돌아오면 항상 고독했다. 붓을 잡고 있을 때 나는 물음표를 던졌다가 느낌표가 되었다가 간혹 말 줄임표가 되고 쉼표가 된다. 물론 난 아직 마침표를 찍지 않았다. 그래서 지금까지도 흔들리고 내 붓은 외롭다. 내 편이 없는 세상에 던져진 자신이 참 고단하다고 숨을 몰아쉴 때가 적지 않았다.

얼마 전부터 그 고단함이 조금씩 치유되기 시작했다. 나는 어느덧 사람들이 인정해 주는 한글 서예가가 되었다. 한글을 붓으로 쓰며 나에게 힘이 생겼다. 사람들이 나의 글씨를 보며 눈빛이 부드러워지고 나의 글씨를 사랑해 주기 시작했다. 세상의 높은 지위와 명예와 돈으로도 가질 수 없는 매력이 글씨의 힘이라는 걸 깨닫게 되었다.

서예가이기에 조건 없는 사랑을 받고 그 사랑이 격하게 버거워 행복하다. 그리고 나는 매일 꿈을 꾼다. 한글 서예가 세계적으로 힘이 생기는 세상을 말이다. 가장 한국적인 한글이 문화가 되었다. 이젠 꿈이 아닌 현실이 되어 가고 있는 요즘 나는 붓을 들고 나라 밖으로 나갈 채비를 서두른다.

강릉 백청을 ... 씨 ... 봉... 반갓침으로 먹어라 하나니 ... 아니 그 거 보아 나는 싫어요 주려면 ... 당홍치마 ... 외 ... 아니 그 것이 ... 시 ...

〈뭘〉, 35×45, 2023

붓으로 쓰는 한글

고독한 길을 걷다 보면 뜻밖의 행운이 찾아오기도 한다. 머릿속으로만 상상했던 일이 다가오기도 한다. 나는 그동안 고집스럽게 사랑한 한글 서예를 가지고 나라 밖으로 나가게 되었다.

새벽에 핸드폰이 계속 울렸다. 잠결에 받아야 할지 잠깐 고민했다. 한국보다 여섯 시간이 늦은 튀르키예(터키의 새로운 국명)에서 온 전화였다. 주 튀르키예 한국문화원에서 개인전 초대를 받았다. 튀르키예에서 한글 서예를 보여주게 된 것이다.

튀르키예 사람들 눈에 한글은 그림처럼 보이고 선으로 디자인된 문양처럼 보일 것이다. 그들에게 붓으로 선의 맛과 글씨의 덩어리감, 묵과 물로 만들어지는 농담, 그리고 화선지 위에서 발묵되는 아름다움과 신비로움을 보여주고 싶은 흥분이 앞섰다. 밑으로 단정하게 내려진 족자에 아름다운 우리 한글을 담아내는 상상으로 가득했다.

한글을 튀르키예 언어로 번역될 때의 감정을 생각하다 예쁜 우리말을 써 볼까 하던 생각을 멈추었다. 서예가인 내가 사랑하는 언어를 찾기로 했다. 예쁜 글씨 시화전을 하는 게 아니니 한국에서 온 작가의 색깔과 방향을 고집하기로 했다. 튀르키예 사람들에게 한글과 한국에서 온 서예가의 감정을 그대로 전하고 싶었다.

마땅히 관대하다, 한결같이, 복이 있나니, 보고 싶다, 문득, 그대 내게 행복을 주는 사람, 마음 내키는 대로 노닐다, 검소하지만 누추하지 않고 화려하면서 사치스럽지 않다, 어떤 이는 꿈을 간직하고 살고 어떤 이는 꿈을 이루면서 산다, 지금이 가장 빛나는 시절, 뭘, 상관 말고 그냥 니 갈 길 가, 그러려니, 아님 말고… 등등.

30점의 작품을 완성해 튀르키예에 있는 한국문화원으로 먼저 보내고 나서야 나는 튀르키예가 어디쯤 붙어 있는지 구글 지도로 찾아보았다. 중국과 인도를 넘고 아랍권을 넘어 아시아의 끝과 유럽이 시작되는 곳이다. 어른이 되어서 이렇게 지도를 자세히 들여다본 적이 없었다. 튀르키예에서 열릴 〈붓으로 쓰는 한글〉 전시회를 상상하며 심장이 뛰기 시작했다.

7월 한 달 동안 튀르키예에 머물렀다. 무슬림의 바이람 기간이

갓 끝난 앙카라에서의 일상이 조용히 시작됐다. 주 튀르키예 한국문화원은 튀르키예 속 작은 한국이었다. 이국적인 풍경 속에 자리한 한국문화원을 들어서는 순간 서울 인사동 박물관에 들어서는 듯했다. 타국에 온 한국인에게는 사막 한가운데 오아시스 같은 공간이었다. 이목구비 뚜렷한 튀르키예인 직원이 입구에서 맞이했지만, 오히려 그들이 그곳에서는 더 어색할 정도로 작은 한국이었다.

오픈 식 전날 튀르키예 사람들의 이름을 도장에 새겨 주는 행사로 전시는 시작됐다. 〈붓으로 쓰는 한글 전〉은 2주간 개최됐다. 한국과 튀르키예 수교 65주년을 기념하는 휘호를 하며 나는 가슴이 뜨거워졌다.

튀르키예 전시를 경험하며 예술을 한다는 것이 얼마나 귀한 행운인지 깨달았다. 작가의 실력과 그것을 펼칠 수 있는 공간과 수많은 행운, 이 세 가지가 합쳐져야 가능한 일이다. 2022년 7월의 여름, 삼위일체의 행운 속에 한글 서예를 오랫동안 고집해 온 서예가가 지중해와 흑해의 나라 튀르키예 앙카라에서 붓으로 뜨겁게 보냈다. 한글은 서예가를 더욱 서예가답게 만들어 주고, 한국을 더욱 한국답게 만들어 주었다.

〈곁사람〉, 35×45, 2023

기회를 만드는 것도 예술이다

'적게 일하고 적게 쓰면 된다.'

욕심을 적게 부리면 돈도 가치가 떨어진다. 이것이 나의 경제 개념이다. 돈에 대한 욕심이 크지 못한 것은 게으름 때문인지도 모른다. 나에게만 몰입하느라 그다지 관심이 덜했다. 무엇보다 돈이 없는 것은 견딜 수 있지만 자유롭지 못한 것은 견디기가 어려웠다. 돈이 모자라면 숨만 쉬고도 살 수 있지만 자유가 방해 받으면 숨이 멎는 듯 힘들다.

나는 명품 이름은 잘 모른다. 그런 나에게 명품이라는 게 제법 있었다. 글씨 값을 제대로 부르지 못할 때 사람들은 그냥 받을 수 없다며 선물을 하곤 했다. 돈으로 계산하기가 곤란하다며 무언가를 보내왔다. 명품 가방과 명품 화장품, 명품 잔들과 명품 옷... 글씨 값으로 집과 자동차 빼고 다 받아본 듯싶다. 그때마다 이게 무슨 브랜드냐고 물었고 그들은 그런 나를 신기해했다. 그렇게 글씨 값이 마음을 담은 물건으로 오고갔고, 성의를 생각해 몇 번 들고 다니거나 테이블 위에 놓인 채 한참 동안 방치되었다.

역시나 불편했다. 물건에 애착이 없는 나는 그것이 손에 들어오는 동시에 뭔가 모를 불편함과 거추장스러움이 느껴졌다. 결국 주위 사람들에게 나누어주고 말았다. 쓰지 않는 물건을 가지고 있는 것이 나에게는 짐이고 스트레스다.

요즘은 글씨 값을 제대로 받는다. 몇 번의 개인전 이후 내 작품에 글씨 값이 자연스럽게 매겨져 있었다. 한국 사회에서는 서예가의 역할이 많다. 작품 글씨뿐만 아니라 명구名句를 쓴 액자를 건물에 걸고, 병풍을 쓰며, 비문 글씨를 쓰기도 하고, 임용장을 쓰고, 건물 이름이나 상품명을 서예가의 글씨로 쓰기도 한다. 그 밖에도 수많은 글씨 작업이 서예가의 일상으로 들어온다. 글씨 값을 매일 흥정해야 하는 게 일상이 되었다.

글씨 작품이라는 것이 기성품처럼 값이 정해져 있지 않아 작가 나름에 따라 매겨진다. 그림은 호당 가격이 매겨지지만 이것 또한 주택의 실거래가와 공시지가가 다르듯이 매겨진 가격과 실제 판매가격이 달라진다. 글씨 값은 그림 값보다 더 명확하지 않다. 동양 정신과 매우 흡사하다고 사람들과 농담을 주고받았다. 보이지 않는 손에 의해 가격이 결정된다. 서예가의 인지도와 소장하고 싶은 사람과의 관계 그리고 정신적인 가격이 덤으로 매겨진다. 작가는 혹여나 돈을 밝히는 사람으로 보이는 게 두려워 글씨 값을 머뭇거린다. 도자기 명장 중에 그의 아내가 가격을 흥정하는 것을 보았다. 그는 그 자리를 피해 버렸다. 도공은 고상하고 순수한 예술가가 된다.

글씨 값은 작가의 작품에 품격을 더해 주고, 좋은 작품을 남길 수 있도록 응원하는 개인의 사회적 기부이기도 하다. 언제 행복하냐고 물으면 작업실 한가득 문방사보文房四寶가 넘쳐날 때다. 글씨를 쓰고자 할 때 아낌없이 쓸 수 있는 기쁨이 있다. 나는 글씨 값이 대부분 재료값으로 나간다. 게으른 서예가가 열심을 부렸던 것은 하고자 할 때 마음껏 할 수 있는 기회가 글씨 값과 연결이 돼 있음을 깨닫고부터였다.

젊은 작가들의 열정페이를 원하는 단체나 사람들을 보면 인상을 찌푸렸다. 예술가가 이슬만 먹어야 진정한 예술가 취급을 받는 시대는 끝났다. 배고픈 예술가가 되기를 원하는 예술가는 없다. '헝그리 정신'이라니. 작업자가 돈이 있어야 많은 정보가 오고가고, 작업자가 돈이 있어야 공부를 더 하고, 작업자가 돈이 있어야 후견인도 만들 수 있다. 세상에서 오직 자기의 작품 앞에서는 영원한 갑이 되어 대중을 마주하길 바란다. 예술가의 돈을 속

물처럼 마주하는 어른을 대하면 난 그들을 퇴물로 대접한다.

며칠 밤샘 작업의 결과물로 글씨 값이 주머니에 두둑해졌다. 동무처럼 지내는 지인 셋을 불러 고깃집을 예약했다. 나의 한턱이 어찌 그들의 배를 기름지게 불리겠는가마는.

"불판 위에 소고기로 올려!"

나의 일생에 같이 웃어 주고 옆에서 박자를 맞추며 걸어 주고 있는 곁사람들에게 올리는 재료값 외 서예가의 지출 목록이다.

요즘 부쩍 사람들이 나에게 묻는다.

"앞으로 또 어떤 계획이 있나요?"

나는 나의 전시회를 후원해 줄 사람을 모았다. 적지 않은 일정한 금액을 정하고 통장을 개설했다. 서예가를 응원하는 역할을 서로 청해 왔고 그렇게 나의 개인전을 위한 30인의 후원인이 만들어졌다. 30인의 후원인들과 마음껏 개인전을 기획할 것이다. 서예가는 오로지 작품에만 전념할 수 있는 시스템을 스스로 구축해야 한다. 예술가에겐 자신의 인생을 개척하는 방식만큼이나 기회를 만드는 것도 퍼포먼스다.

서예가의 심장이 엄숙해지는 시간

분명 그 이름이 있었다. 붓으로 한 자 한 자 정성 들여 쓰고 싶었던 이름. 정갈한 예서체隸書體로 그 이름 석 자를 예전부터 무척이나 쓰고 싶었다.

그는 나를 세상 밖으로 끌어내어 준 사람이다. 인연이 있었던 것도 아니고 이해관계가 얽혔던 것도 아니었다. 젊은 시절 내가 소속된 미술협회 전시 지원금 건으로 협회 회장과 함께 시청에 들어갔던 적이 있었다. 당시 문화체육과 담당 계장이었던 그는 회장의 장황한 설명이 이해가 안 된다는 표정을 지었다. 옆에서 듣자니 수많은 단체가 찾아와 자신들의 영역이 최고이며 자신들은 거의 봉사하는 것이기에 마땅히 지원을 해줘야 한다는 주장들이었다.

낯이 부끄러워졌다. 회장을 조용히 뒤로 끌어당겼다. 이것은 협상의 방법이 아니다. 필요하면 부탁을 하고, 부탁이 안 되면 협상을 하고, 그것도 가능하지 않으면 타협하는 것이다. 소수의 자기들만의 잔치에 세금을 낭비할 수 없다는 그를 억지로 앉히고 나는 말했다.

"계장님, 어떠한 지원을 해주지 않으셔도 됩니다. 저희 힘으로 한번 해볼게요. 대신 전시 오픈 일에 오셔서 꼭 축하해 주십시오."

그 자리에서 나오자마자 임원도 아니었던 나는 스스로 팔을 걷어붙이고 전시와 오픈 식을 함께 기획하며 준비했다. 전시장은 시민들로 인산인해를 이루었고 전시는 역대 최고의 성황을 이루었다. 그 계장은 관람객들 사이에서 웃고 있었다. 이후 시에서는 최고의 지원금이 측정되었다.

원칙이 분명한 사람에게는 분명하게 일로 보여 주면 된다. 그외 어떤 것도 필요 없다. 나는 그가 이리저리 끌려다니며 누구에게나 좋은 사람으로만 보이는 공직자가 아니라 좋았다.

세월이 제법 흘러 이번에는 그가 나를 찾아왔다. 문화예술과 관련된 시 단체에 참여하여 힘을 보태 주기를 권하셨다. 나는 손을 내저었다.

"그 복잡한 행정 싸움판에 왜 저를 끌어들이십니까?"

그 후에도 다시 찾아와 세상으로 나와 달라 하였지만 그때마다 정중히 거절했다.

"저를 아끼시면 그냥 가만히 내버려두셔야지요. 잘 놀고 있는 저를 왜 그냥 두지 않으십니까?"

결국 그의 진심어린 설득이 나를 세상 밖으로 나오게 했다. 그때부터 내 안에 누르고 있던 모든 것들이 밖으로 드러나기 시작했다. 수많은 전시를 통해 내 작품이 사람들 눈에 띄게 되었다. 이후 시 임용장을 쓰는 서예가로도 발탁이 되었다.

사천시에서 5급 이상 사무관으로 승진되면 서예가의 글씨로 쓴 임용장을 받는다. 두루마리로 된 멋스러운 임용장을 받는 게 공직생활 최고의 이벤트다. 임용장을 쓴 지 3년째 접어들었다. 임용장을 쓸 때면 그의 이름이 기다려졌다. 올해 드디어 그 이름이 적힌 문서가 들어왔다. 때늦은 감이 없진 않지만 그의 성정대로 오늘에야 이르렀나 보다 생각했다.

정성을 다해 먹을 갈고 붓을 가다듬었다. 한 자 한 자 써 내려가니 한 사람의 인생이 보인다. 이름자 앞에 수많은 직함을 가졌을 누군가의 퇴직소식을 들었고, 누군가의 승진명단을 받았다. 세상은 영원한 게 없어서 참 흥미롭기도 하다. 오랫동안 마음으로 응원하던 이름 석 자를 받고 한 글자씩 적어 내려가는 서예가의 심장이 엄숙해진다. 숨을 참아 가며 붓을 내려긋는다.

짧은 문자로 축하를 전하는 대신 이렇게 글씨로써 감흥의 만감萬感 교차交叉를 적어 내려갈 수 있음도 나의 복이고, 그의 직함과 이름을 임용장에 붓으로 쓸 수 있음도 서예가의 복이다.

〈책을 베개 삼아〉, 35×45, 2023

사랑은 내 욕심을 빼는 것

사랑은 눈에 보이지 않는 수십만 개 알 수 없는 모호함의 총합이다. 그 어려운 사랑이란 게 타인과 경쟁하듯 견주어서 내 것이 되지 않는다. 되었다한들 자신의 불안한 상상 속에서 계속될 수 있을까?

사랑은 애를 쓰기보다 그런 애愛를 버리는 것인지도 모른다. 내 욕심에 힘을 빼는 것 외에는 달리 방법이 없었다. 그 대상이 누구라도 상관없다. 누군가를 사랑한다면 그 사람이 어떻게 하면 행복할까를 고민하게 된다. 누군가를 사랑한다면 그 사람이 더 성장할 수 있게 길을 터주는 것이다.

사람은 나약한 존재다. 힘이 있을 것 같은 존재지만 마주하면 오히려 내가 힘이 되어 주어야 할 사람이 있고, 아름다워서 사랑했지만 도리어 그 아름다움이 식상해져 눈감아 버릴 때가 있다.

각별하게 애정이 가는 사람이 있다. 대단한 관계가 아니더라도 주변에 있다는 것이 힘이 되는 사람이 있다. 쉽지 않은 인생을 잘 살아온 사람이라면 나는 더 애정을 느낀다. 그 사람의 일대기가 머릿속으로 그려지고 마디마디 좌절과 희열을 맛보았을 그의 삶에 경의를 표하게 된다.

그렇게 참 많이 존경하고 아꼈던 사람이 있었다. 한동안 연락 없이 지내다 누군가의 연인이 되었다는 소식을 풍문으로 들었다. 세상에 내놓을 수 있는 사랑이 아니라 축복해 줄 수는 없었고 왠지 헛웃음이 나왔지만 좋아했던 만큼 행복을 빌어 주었다.

그 사람에게 주려고 만들어 놓은 액자가 덩그러니 내 작업실에 그대로 남아있다. 선물로라도 줄 명분이 없어 만들어 놓기만 하고 차일피일 기회를 보던 중 인연이 뜸해져 버렸다. 그렇게 참 조심스러운 사람이었다.

그를 보면서 참 고독하겠다는 생각을 했다. 주변에 사람들로 넘쳐나고 그도 주변을 잘 챙겼지만 왠지 그런 느낌이 들었다. 돌판에 '獨' 한 글자를 칼로 새기고 액자에 넣었다. 그리고 상상했다. 소나무 우거진 시냇가를 그가 지팡이 짚고 홀로 걷고 있고 그가 서는 곳마다 해진 옷에서 구름이 일어난다. 대나무 울창한 창가에서 책을 베개 삼아 잠들다 깨는 그가 보였고 달빛이 헌 담요에 스며드는 것이 그의 성정처럼 느껴졌다.

홀로 '독' 글자는 그가 고독하기를 바라서 새긴 것이 아니다. 고독을 즐기라고 선물해 주고 싶었다. 차는 여럿이 마시면 유쾌하고 둘이서 마시면 한적하며 혼자 마시면 속세를 떠날 수 있다고 했다. 그가 여전히 더 깊이 있는 인생을 살아가기를 바라는 마음이었다.

사랑하는 이가 자기 길을 잘 갈 수 있도록 바라는 것. 사랑은 내 욕심은 접고 그 사람이 오로지 행복할 수 있는 것만 고민하는 것이다. 조금 떨어져 옆에서 박수 치는 사람이 되는 것이다. 그 박수의 진동으로 사랑하는 사람은 자신의 매력을 한껏 더 발산하며 앞으로 나아갈 것이다. 나를 사랑해 주었던 사람들의 그 박수 진동으로 우리는 어른이 되었고, 자신의 길을 갈 수 있게 되었다.

사랑하는 사람이 주변에 많아지면 나도 함께 확장된다. 멋진 인생이란 스스로 멋지고자 하기보다 다른 사람을 빛나 보이게 하는 것인지도 모른다. 내 주변이 멋진 사람들로 가득하게 되니 인생이 흥미롭고 빛나지 않겠는가. 사람은 자기가 좋아하는 사람을 닮아 가려 하고 같은 색으로 자연스럽게 물들어 간다. 멋진 누군가 옆에는 어김없이 그 사람을 멋지게 성장시켜 준 사랑하는 사람들이 있었다.

〈오래도록 서로 잊지 말기를〉, 35×45, 2023

사람에 대한 최고의 욕심은 서로 잊지 않는 것

2020년 추사 김정희의 〈세한도歲寒圖〉가 모두의 품으로 돌아왔다. 〈세한도〉는 추사가 제주도 귀양살이 때 그의 제자였던 역관 이상적이 중국 북경에서 귀한 책들을 구해서 보내준 것에 대한 답례였다. 그 변함없는 의리를 빗대 날씨가 추워진 연후에야 소나무와 잣나무의 푸르름을 안다는 의미가 담겨 있다.

우리는 대개 〈세한도〉를 보며 잣나무와 소나무를 이야기하고, 쓸쓸한 집 한 채를 떠올린다. 하지만 세한도는 역사 속에서 수많은 경로를 거치게 되는데 이것 또한 세한도가 더 특별한 이유다. 이상적이 죽고 그의 제자 김병선 손으로 〈세한도〉가 넘어갔고, 그의 아들 김준학이 소장하게 됐으며 후에 휘문고 설립자 민영휘의 소유가 됐다. 민영휘의 아들 민규식에게 흘러간 〈세한도〉는 일본의 추사 연구가 후지쓰카에게 넘어가게 된다. 이것을 서예가 손재형 선생의 끈질긴 노력으로 되찾아 오게 되었고, 그후 문화재 수집가 손세기와 그의 아들 손창근이 소장하던 중 2020년 국가에 기증함으로써 대한민국 미술계는 한바탕 떠들썩했다.

〈세한도〉가 역사의 풍파에서 흘러오는 동안 문인들과 서예가들이 적은 발문과 찬시가 14미터에 달하는 긴 두루마리에 적혀 있어 이 역시 역사적으로 귀중한 자료가 된다. 〈세한도〉는 작품의 의미도 특별하지만, 작품 외적으로도 특별한 이야기를 갖고 있다.

추사의 〈세한도〉를 바라보던 중 그림의 오른쪽 밑에 찍혀 있는 도장 하나가 눈에 들어왔다. 양각으로 새겨진 '長毋相忘장무상망'이라는 도장이다. '오래도록 서로 잊지 말기를'이란 뜻을 가진 장무상망. 그것을 읽는 순간 나는 잠시 숨이 멎었다. 오래전 추사의 마음이 느껴졌다. 그 여운이 내내 가시지 않았다.

나를 아껴 주었던 한 사람이 떠올랐다. 나의 불찰로 지금은 관계가 소원해진 사람. 그는 나에게 운전할 때 등을 오토AUTO 모드로 두도록 일러 주었고, 글을 쉽고 짧게 쓰길 권했다. 습관적으로 생각 없이 길게 찍어 대던 말줄임표에 점 세 개만 찍으라며 생각 없이 넘치는 내 행동을 지적해 주었다. 걸음걸이가 서예가답지 못하다고 하니 길을 걸을 때 쇼윈도에 비친 내 걸음걸이를 쳐다보는 습관이 생겼다. 그의 앞마당에 살찐 참새를 보고 내가 생각났다는 말에 몸무게를 줄여 보려 걷기 운동을 시작했다.

돌아보니 나를 변화시킨 것은 나에 대한 그의 관심이었다. 〈세한도〉에서 장무상망을 발견하고 그에게 오래도록 소나무와 잣나무가 되어 주지 못한 내 처신이 부끄러웠다.

추운 겨울의 황량함과 고독을 마른 붓칠로 그려 낸 소나무와 잣나무 그리고 집 한 채 그림보다도, 청나라 명사들이 쓴 찬讚과 배관기拜觀記 글씨보다도, 나의 시선에 들어온 것은 도장 '장무상망'이었다.

마음을 파고드는 글귀를 발견하면 여러 가지 생각이 뻗어 나간다. 잠시 흥분을 가라앉히고 벼루에 먹을 갈아 일필휘지하거나 칼을 잡고 돌이 터져 나가는 희열로 새기고 싶어진다. 추사가 그러했듯이 '장무상망'이라는 넉 자를 돌에 새겨 꾹꾹 힘을 줘 찍어 보았다. 하얀 종이에 붉은 글씨로 찍힌 장무상망을 보며 사람의 심정이 네 글자에 모두 녹아 있는 것이 뭉클하기만 했다.

서로 생각해 주고 안부를 물어봐 줄 수 있는 사람끼리 부릴 수 있는 최고의 욕심은 '오래도록 우리 서로 잊지 말자' 장무상망이었다.

4. 고독하기에 자유로울 수 있다

〈고독할수록 자유롭다〉, 35×45, 2023

지랄 총량의 법칙

간혹 혼자 숨어들었던 그곳에서는 블루스 음악이 가득했다. 열여덟 번째 맞이하는 생일날 친구 손에 이끌려 간 그 지하 공간은 낮에는 돈가스가 나오는 레스토랑이었고 밤이 되면 칵테일을 팔았다. 큰 뮤직비디오 스크린이 있었고 항상 블루스 음악이 흘렀다. 질풍노도의 여고생에게 숨구멍 같은 위안이 되어 준 곳이다. 그곳에서 스크루드라이버, 핑크레이디를 알았다. 어른 흉내를 내던 비밀스러운 아지트였다. 지금도 블루스 음악이 흐르는 공간을 가면 그때의 공기가 떠오르고 혼돈의 시간들이 아련하게 소환된다.

어두운 조명 긴 탁자 위는 거창한 안주가 없어도 맛있는 이야기로 제법 여유롭다. 충동적이고 즉흥적인 필, 그러면서 규칙적인 리듬이 있는 '그루브'라는 가게 이름이 참 좋았다. 사는 게 그

루브라 생각했다. 그곳에 머리 희끗한 주인장 남자는 내가 좋아하는 올리브 안주를 서비스로 내놓는다. 함께 간 젊은 경제학자도 블루스 음악을 좋아한다고 했다. 오랜 영국 유학 생활로 풍성한 얘깃거리가 있어 뜻하지 않게 비싼 디제이를 옆에 두는 호사를 누렸다.

한 무리의 사람들이 합석해 좁은 공간은 금세 소란스러워졌다. 목선이 길게 빠진 맥주잔을 비우며 자신의 수위만큼 이야기를 늘어놓는다.

대화에는 지랄 총량의 법칙이 있었다. 사람은 살면서 평생 해야 할 지랄의 총량이 정해져 있다고 했다. 착해 보이는 중년의 여자는 사춘기 때 지랄을 다 했다고 했다. 한창 사회생활을 하고 있는 여자는 아직 한 적이 없었으니 앞으로 하게 될 거라며 기대하라고 했다. 모범생으로 큰 역경 없이 지내다 고민이 많아진 사내는 지금 그 지랄을 하고 있다고 했다. 모두가 이제까지 지랄의 총량을 달고 있을 때 나는 웃음이 나왔다.

"아무리 생각을 해 봐도 지랄 총량의 법칙을 이해할 수 없어요. 전 평생 동안 지랄을 하고 있는 중이거든요."

나만의 리듬을 타는 걸 두려워하지 않았다. 리듬을 찾고 지키기 위해 남들과 다르게 사는 건 나에게 자연스럽다. 고독은 당연하다. 인간이란 존재가 모두 그렇지 않은가. 이 길만 고집했고 자기만의 길을 가는 사람의 숙명은 고독이다. 사람 속에 있지만 결정적인 순간 기댈 사람은 없었다. 나 외에 기댈 사람이 없다는 걸 깨닫고 인정할수록 외로움보다 자유로움에 집중할 수 있었다. 고독할수록 자유로웠다.

내 시간은 누구의 방해도, 허락도 받지 않고 사용할 수 있다. 작업이 한창이던 어느 날 문득 탄탄하게 조였던 몸과 마음을 느슨하게 풀어 줘야겠다는 생각이 들었다. 차를 서울 방향으로 몰았다. 밤늦게 서울 도심의 한 호텔에 체크인했다.

새벽부터 부산을 떨지 않아서 좋았다. 아침에 눈을 떠보니 시계가 여섯 시 삼십 분을 가리킨다. 어제 미리 알아둔 호텔 조식이 시작되는 시간이다. 늦게 호텔로 들어왔고 밤새 배가 고파 조식 시간을 계속 확인했었다. 조금도 바쁠 게 없이 편안하게 쉬어 보기로 작정했다.

편한 옷차림으로 슬리퍼를 끌며 호텔 식당으로 들어서니 서울 한복판 이곳은 온통 외국인들이다. 귀에 익숙한 중국어가 오고 가고 간혹 들어보지 못한 타국의 언어들이 무거웠던 아침 공기를 해산시킨다. 노년의 중국인이 제법 눈에 띄었다. 집 앞 식당에

온 듯 다들 편안한 모습들이 어디에도 여행객의 모습은 찾아볼 수 없다. 뷔페로 잘 차려진 음식 앞에서는 모두가 편안하고 행복한 일상이었다.

혼자 큰 테이블을 차지하고 앉아 주위를 둘러보니 나라마다 다른 아침 식탁 풍경이 그대로 보였다. 중국인 노신사는 삶은 달걀과 미음과 튀김 빵을 놓고 앉는다. 파랑 눈의 젊은 아가씨는 샐러드와 베이컨과 커피를 내려놓는다. 커피머신이 잠시 작동을 멈추니 히잡을 쓴 중년 여성이 그 앞에서 당황해한다. 나는 지나가는 웨이터에게 "이 기계 확인 한번 해 주세요."라고 요청했다. 히잡을 쓴 여자가 눈웃음을 보이며 뭐라고 고맙다는 인사를 하는데 한 번도 들어보지 못한 언어다.

밥 먹는 일 외엔 어떠한 것도 계획된 일은 없다. 오로지 쉬기 위해 들어온 목적에 충실할 것이다. 나는 여유롭게 조식 먹는 일에 집중할 것이다. 오렌지 주스 한 잔을 들고 테이블로 돌아왔다. 아침만큼 산뜻한 노란색의 주스가 밤새 비워진 속을 천천히 타고 내린다. 시간 부자처럼 더 우아하고 더 여유로울 작정이었다.

나는 오롯이 혼자다. 정해진 약속도 없다. 다시 에스프레소 한 잔을 내려 입가심한다. 또 한 잔의 아메리카노를 내려 테이블 위에 두고는 이제야 접시를 들고 천천히 음식 그릇을 마주했다. 음식을 천천히 담는다. 안단테보다 더 느린 아다지오로.

영화 '이보다 더 좋을 수는 없다'에서 주인공 잭 니콜슨이 식당에 앉아 있던 모습이 생각났다. 결벽증과 강박증이 심했던 남자의 식사가 그려졌다. 그리고는 나 역시 내 일상에서 이렇게 조용한 쉼이 익숙지 않은 강박증이 있었다는 걸 깨닫는다. 어색하기만 한 박자가 조금씩 느려졌다. 조용한 식사를 마치고 다시 커피를 내렸다. 아메리카노에 에스프레소를 더한 진한 커피가 좋은 아침이었다. 혼자여서 속도를 조절할 수 있으니 느리게 바라보는 테이블 사이 세상이 꽤나 평화로운 아침이었다.

〈비로소〉, 35×45, 2023

강박에 넘어가면 강박이 사라진다

병원에서 건강검진 결과를 확인하고 나오며 나는 이상한 쾌감에 휩싸였다. 오장육부 모든 기관이 정상이다. 신체 나이가 내 나이 보다 열 살이 젊어졌다. 꽤 괜찮은 내 몸을 확인했다.

'그래, 나는 정신 빼면 다 정상이구나.'

언제부터인가 나는 심한 강박증에 시달리고 있었다. 길을 걷다가도 갑자기 이상한 불안감에 휩싸인다. 무엇을 해야 할 것만 같은 이 불안감. 무언가 할 일이 딱히 있는 것도 아니다. 도대체 무엇이 나를 이렇게 초조하고 불편하게 만드는 것일까.

며칠 바깥출입을 하지 않았다. 불편한 강박이 엄습할 때면 내가 무엇을 해야 할지를 안다. 강박이 완벽주의 내 성향에서 왔다는 것쯤은 알고 있다. 화선지를 펼쳐 놓고 붓에 먹물을 적신다. 한 자씩 써 내려가는 먹물과 화선지의 촉감을 느끼면서 비로소 내 불안은 사라졌다.

이것이다. 붓으로 끌어당기는 힘을 느낄 때 불안감이 사라졌다. 마른 붓이 홍건히 적셔지는 기쁨을 볼 때 불안감은 사라졌다.

하얀 화선지가 까만 글씨로 채워질 때 불안하지 않았다. 머릿속으로 만들어지는 글자의 획을 만족스럽게 살려 내고 싶은 욕심이 있었다. 붓을 가지고 마르게도 홍건하게도 세워서도 눕혀서도 그어 보다가 이거다 싶은 획을 만나면 내 강박은 비로소 사라진다. 그저 붓을 들고 있으면 불편한 것이 사라지고 헛헛한 감정도 사라진다. 나는 글씨강박증 환자였다.

나에게 강박이라는 동무가 온 지는 얼마 되지 않았다. 글씨로 강연을 다니기 시작한 뒤로부터 생겼다. 사람들 앞에서 언제든지 붓을 들고, 어떤 글씨든 어떤 상황에서든 완벽하게 글씨를 써야겠다고 생각한 뒤 생긴 병이다. 참 희한한 병이다. 붓을 손에 쥐면 그 병이 말끔히 사라지고 붓을 손에서 놓으면 그 병이 다시 도져온다.

강박은 내가 해야 할 것, 내가 있어야 할 곳으로 나를 데려다주었다. 일종의 자석이다. 자석의 힘에 저항하는 것은 무모하다. '유혹을 이기는 것은 유혹에 넘어가는 것이다.'는 오스카 와일드의 말처럼 강박을 이기는 것은 강박에 저항하기보다 순순히 넘어가는 것이다. 그 강박이 가리키는 곳이 내가 지금 있어야 할 곳임을 알려 주는 유용한 지표로 삼으면 된다. 강박에 넘어가면 강박이 사라진다.

〈활짝〉, 35×45, 2023

타인의 향기가 우울을 잠재운다

길가 가게 유리로 주황 불빛 등이 켜졌다. 지나가면서 보니, 그녀는 고양이 밥을 들고 서 있다. 향을 만드는 그녀는 수수하니 참 예쁜 외모를 가지고 있다. 그녀는 진한 향보다 은은한 옅은 향과 참 어울린다 생각했다. 지나치는 건너 차도까지 만다린 향이 코 끝을 스친다.

나는 습관적으로 무채색의 몸이 드러나지 않는 옷과 무취를 나름의 보호색마냥 여기며 살았다. 바디 샴푸나 바디 로션을 바르지 않았으며 머리 샴푸조차 되도록 향이 많이 나지 않는 것을 고르려고 애를 썼다. 항상 무취이거나 무거운 묵향 정도로만 살아왔다.

마흔을 넘기자 이유 없이 냄새에 민감해지고 냄새에 대해 이상한 취향이 있다는 것을 알게 되었다. 사람이나 장소를 보는 것보다 냄새로 기억하는 게 많아졌다. 스쳐 지나가는 남자의 적당히 지적인 향에 뒤돌아보게 되고 여자들의 진한 향수가 싫지 않다. 집 안 여기저기에 향을 입히기 시작했고 글씨를 쓰는 작업실에도 묵향을 덮을 만큼 진한 디퓨저를 놓아두었다. 내 몸에서 향을 내뿜는 것보다 맡는 것을 즐기고 있었다. 나는 커피만큼이나 타인의 향을 좋아하고 있었다.

　강의를 마치고 돌아가다 그곳에 차를 세웠다. 온갖 향이 가득한 공간 속에서 제각기 자기 향을 내뿜고 있다. 진한 향 때문인지 활짝 문을 열어 두고 있던 그녀는 내가 들어서자 말없이 문을 닫는다. 향이 빠져나가는 게 아깝다고 했던 내 말을 기억하고 있었다. 음악에 빠져 음악다방을 지나치지 못했듯이 향에 취하고 싶어 습관적으로 향을 만드는 그녀의 가게에 발길을 멈춘다.
　우울해지면 이곳을 찾았고 쳐져 있던 기분이 향을 맡으며 나아졌다. 나에게 향은 진통제였다. 향이 나는 곳으로 코를 들이대며 행복해 했다. 라벤더, 캐모마일, 자스민... 입으로 중얼거리기만 해도 그 향이 코끝을 만진다. 나는 참 감각 이입이 쉬운 사람이었다.

　적절한 배합으로 손님이 원하는 향을 만들어 주는 그녀는 사람의 마음도 행복하게 만들어 주는 사람이었다. 그곳 소파에 기

대어 단잠을 청했다. 손님들의 이야기 소리와 코끝으로 들어오
는 향을 느끼면서 나는 자주 단잠에 빠졌다.

〈가슴은 따뜻하게〉, 35×45, 2023

예술보다 인생이 중요하다

사람들과 함께 있어도 늘 허기가 졌다. 사람들이 얘기 나누기를 원하니 많은 말을 듣게 되었고, 함께 있기를 원하니 많은 것들을 보게 되었다. 부당한 것을 토로하니 많은 것들을 알게 되고, 사랑해 주니 많은 사람을 만나게 되었다.

어느 순간 주변에서 일어나는 일들이 두려워지기 시작했다. 관계 속으로 깊숙이 들어갈수록 나는 점점 '삼가할 신愼' 한 글자를 새겨야 했다.

이전에는 그 자리에서 내 감정을 드러내고 화를 냈다. 나를 건드리는 순간 직설적인 말로 상대방을 칼로 베듯 상처를 줘야 직성이 풀렸다. 머릿속으로 옳다, 옳지 않다를 판단하고 상대방의 무지를 혹독하게 비난했다. 상대가 고쳐질 것이라 생각했다.

어리석은 짓이었다. 안다는 것은 무서운 일이다. 알게 되니 주위가 무서워졌다. 내 입으로 쏟아내는 말의 파장이 사람들에게 화를 미칠 것이 분명했다. 나는 그런 사람이 되어가고 있었다. 점점 손발이 묶이고 입을 닫고 있었다.

혼자 있는 시간이 많아졌다. 작업에 몰두하자며 스스로 주문을 외우는 시간이 더 많아졌다. 오롯이 혼자 견뎌 내야 하는 시간이 점점 일상이 되었다. 사람들에게 예민해지는 순간, 화들짝 놀라 전염병 환자처럼 나를 격리시키기 바빴다. 감각이 밝아질수록 점점 까탈스러운 사람이 되어가고 있었다. 나는 아주 많이 흔들리고 있었다.

머리와 가슴이 서로 타협하지 못할 때 나는 통증을 느낀다. 머리는 냉철해야 했고 가슴은 따뜻해야 한다. 타협점을 찾지 못해 통증이 잦아질 때 누군가가 그랬다. 예전처럼 다정한 사람이 되어 달라며 애정 어린 걱정과 서운함을 토로했다. 내가 먼저 전화하는 경우가 줄어들었고, 메시지에서도 할 말 외에는 주고받질 않았다. 예의상 하는 빈말이 너무도 가볍게 여겨졌다. 나는 큰따옴표보다 작은따옴표가 점점 많아졌다.

'저는 지금 성장하고 있어요. 속도가 잘 조절되지 않아 실수하기도 하지만 이것도 분명 또 다른 성장이에요. 제 삶에 힘줄이 느껴지는 근육이 생기고 있어요. 어디 근육만 만들어서 되겠어요?

깨끗한 피도 돌아야 하고 탄력 있는 피부도 제 몸에서 같이 있어야지요. 근육을 만들려니 단백질도 필요하지만, 비타민도 무척이나 필요해요. 삶의 근육은 제가 만들어 나갈게요. 당신들은 언젠가 제자리를 찾아올 저를 믿고 저의 성장을 기다려 주세요. 당신들이 제 비타민 같은 에너지거든요.'

통증에는 여러 가지가 있다. 두통, 치통, 생리통, 요통 그리고 내가 지금 혹독하게 겪고 있는 성장통이 있다. 나는 예술만 좇는 예술지상주의를 경계한다. 인간이 겪는 희노애락과 세상을 제대로 겪고 담아 내지 못하는 예술에 큰 가치를 느끼지 못한다. 무엇보다도 예술보다 인생이 중요하다고 생각한다. 인문 예술인 서예가 사람들 속에서 겪는 부대낌이나 통증 없이 나올 거라고 생각하지 않는다. 나의 성장통은 통과의례다.

세상에서 가장 자유로운 곳, 집

"오빠, 수건 저기다 넣어 줘."

"오빠, 어깨 좀 두드려 줘."

"오빠, 얼른 양치질해."

언니는 하루 종일 분주했다. 중년의 형부를 오빠라고 부르며 덩치 큰 남자를 쉴 틈 없이 불러 댔다. 우리집에 무언가를 끊임없이 시키는 사람이 들어왔다. 여름휴가라고 친정식구들이 우리집으로 모였다. 병적일 정도로 정리 벽이 있는 언니는 하루 종일 형부를 불러 대고 조카들을 불러 댔다.

거슬리기 시작했다. 내 귀가 부드러워지질 않았다. 내 공간이 순간 숨막히게 다가왔다. 나는 언니를 겨냥하면서 모두를 향해 말했다.

"당신들 여기서 이러시면 안 됩니다. 내 집에서 그러는 건 주인장 감정에 역행하는 겁니다."

집은 세상에서 가장 자유로운 공간이어야 했다. 우리 가족은 자기가 하고 싶지 않은 것은 남에게 시키지 않는다. 몸보다는 마음이 먼저인 공간이 집이어야 했다. 밖에서는 사람들에 맞추고 그곳 규칙대로 따르겠지만 집에서만큼은 마음껏 자유로워야 한다.

세탁한 옷을 그대로 너는 것을 보고도 탈탈 털어야 한다고 말하지 않았다. 자기가 입어 보고 구겨진 것이 불편하니 털게 되었다. 지저분한 것을 보고도 치우라고 하지 않는다. 자기가 견딜 만하니 견디고 그렇지 않으면 정리가 되어 있었다. 아이의 등교 시간이 지나도 깨우지 않았다. 지각을 하게 되어 황당한 적이 있던 아들은 그 이후부터 반사적으로 몸을 일으켰다.

우리집은 철저히 자기의 자유의지대로 움직이는 공간이었다. 가족이지만 각자의 영역을 존중하며 그 선을 넘지 않으려 한다.

아침에 눈을 뜨고 침대에서 내려왔다. 빈둥거리며 누워 있질 못해 곧장 씻을 준비로 수건을 꺼내려 다용도실 문을 열었다. 각을 잡아 개어 놓은 알록달록한 수십 장의 수건이 두 줄로 나란히 쌓여 있다. 잠에서 덜 깨어 맞이하는 아침의 첫 풍경이다.

세탁은 남편의 몫이라 나는 세탁기 사용법을 잘 모른다. 남편은 내가 세탁하는 것을 원하지 않는다. 검정 옷과 흰 옷을 함께 넣고 세탁기를 돌리는 바람에 흰 옷에 묻은 검정 보풀을 떼어 내느라 난감했던 적이 있었다. 그 이후로 남편은 먼저 자기 방식대로 분류하고 세탁을 했다.

마트 가는 나에게 "다우니 하나만 사다 줘." 하기에 "그게 뭐야? 다운이? 여자아이 이름이야?" 했다가 마트에서 그 이름의 세제를 발견하고는 크게 웃었다.

남편은 세제를 사 모으는 취미가 있는지 도무지 용도를 모르는 세제가 많았고, 세탁실에 차곡차곡 쌓인 세제들을 보며 흐뭇해했다. 세제를 풀고 세탁기에 수건들을 모아 돌리는 것을 좋아했다. 그래서 난 더욱 세탁실 쪽으로는 발길을 끊어 버렸다.

그는 수건을 4등분하고 다시 반을 접는다. 난 3등분하고 그대로 쌓아 놓는 걸 좋아한다. 눈앞에 방금 걷어 놓은 수건들이 보이기에 일을 덜어 주려 3등분하여 개어 놓았다. 얼마 뒤 수건을 꺼내려고 보니 다시 4등분에 반으로 접혀 있었다. 남의 영역을 넘는 건 헛수고일 뿐이다.

수건을 올려다보며 피식하고 웃음이 나왔다. 알록달록 색깔이 참 예쁘게 쌓여 있다. 가지런히 개어진 수건을 보며 시작하는 아침은 행복하다. 쌓인 수건이 낮으면 그가 요즘 많이 바쁜가 보다 생각하고, 다시 높이 쌓인 수건을 보면 여유로웠을 그의 어제를 짐작했다. 안부 문자를 주고받지 않아도 알 수 있다. 그의 일상을 수건 높이가 그대로 보여 준다.

나는 그가 개어 놓은 수건을 보며 생각했다. 분명 TV 드라마를 보며 앵무새 막둥이를 어깨에 올려놓고선 수건을 4등분하는 리듬에 맞추어 한 장씩 쌓는 기쁨을 느꼈으리라.

〈마음껏〉, 35×45, 2023

〈旨〉, 35×45, 2023

평화로운 공존

며칠 전 사 둔 옷이 종이가방에 그대로 담겨 있다는 게 생각났다. 제대로 걸어 두려고 옷방 문을 열었다. 층층이 옷걸이가 휘어질 정도로 빈틈이 없다. 언젠가 입겠지 싶어 버리지 못한 옷들이 옷방 가득 한 틈의 공간도 내주지 않는다. 계절이 몇 번 바뀌어도 한 번 입지 못한 옷들과 유행이 한참 지난 옷들이 걸려 있었다.

내 눈에 띄질 않아 세월을 잘도 버티고 있었다. 필요하지 않은 걸 가졌을 때 극도의 피로감을 느끼면서도 문 닫힌 옷방 공간에서는 항상 너그러웠다. 어느 여름에 산 흰 원피스가 몇 번 입어 보지도 못한 채 몇 년째 그대로 걸려 있었고, 늘 그렇듯이 내 옷방은 브랜드만 다른 검정 옷들로 가득 채워져 있었다.

손에 잡히는 대로 빼냈더니 거실은 순식간에 옷 무덤이 되었다. 한 장 한 장 들춰 보니 사진만큼이나 그때 이야기들이 떠올랐다. 골반부터 들어가지 않는 타이트한 스커트는 내가 한때 40킬

로그램 초반의 몸무게였던 적이 있었고, 꽃무늬 화려한 셔츠는 중국을 여행한 적이 있었다는 걸 기억나게 해 주었다. 거실에 쌓인 옷이 내 과거를 고스란히 드러냈다. 옷 주인이 지금까지 한바탕 살아 냈다는 것을 보여 주었다.

하루 반나절 걸려 몇 개의 큰 봉투에 옷들을 담아 옷방을 완전히 비웠다. 비로소 공간이 숨을 쉬는 것 같다. 필요하지 않은 것이 더는 내 시선에 보이지 않으니 머리가 맑아졌다. 옷 꾸러미를 쓰레기 버리는 곳에 내어 놓고 대문 안으로 들어오니 하늘이 맑고 바람은 유쾌했다.

덜어내어 후련하다는 기쁨과 안도감, 이젠 무엇이든 받아들일 수 있는 넓은 옷장 공간이 생겼다는 여유를 느끼며 커피 한 잔을 내려서 마당을 걸었다. 초록이 짙은 잔디 사이로 잡초가 조금씩 올라오는 게 보였다. 오후의 여유를 정원에서 보내 볼까 싶은 마음에 호미를 찾으러 창고 문을 열었다.

어두운 창고의 스위치를 켠 순간 나는 그 자리에서 웃어 버리고 말았다. 내가 내다 버렸던 옷 꾸러미가 고스란히 창고 구석에 숨어 있었다.

아들이 어릴 적 입던 옷, 쓰던 장난감, 읽던 동화책들도 어느 시기가 지나면 재활용 쓰레기통에 넣었던 것이 분명한데 그것들도 고스란히 창고에 있다. 나는 분명 버렸는데 창고로 옮겨져 있었다. 고장난 자전거도, 부피를 차지해서 필요할 때 다시 장만하자 싶었던 물건들도 모두 그곳에 있었다.

　우리집에 어떤 것도 버리지 못하는 수집광이 있었다. 기가 막히고 화가 나기도 해 남편이 직장에서 퇴근하기만 기다렸다. 가득 채워지고 있는 창고가 어이없어 한참을 뒤적거려 보았다. 나는 어느새 작은 불빛 하나 밝혀진 어두운 창고에 주저앉아 이것저것 추억을 뒤집어 내고 있었다.

　아들의 첫 배냇저고리가 있었다. 공룡 이름을 모조리 외우던 아이를 위해 집을 떠났다 돌아올 때마다 내가 사다 준 공룡 장난감들도 있었다. 지금은 미술교육을 전공하고 있는 아들이 어릴 때 그렸던 그림 도화지들이 차곡차곡 누렇게 변한 채 쌓여 있다. 결혼식 때 입었던 한복이 상자에 그대로였고, 신혼여행 때 신었던 가죽 부츠가 얼룩이 짙게 접혀 있었다. 신혼 때 처음으로 장만한 가구와 가전제품이 버려지지 않고 창고에 그대로 있었다. 창고 안은 가족의 과거가 뒤엉켜 쌓여 있었다.

　창고에 주저앉아 해가 지는 줄도 모르고 물건들을 뒤적거렸다. 나만 세월을 쫓다 그 물건들을 떠나보냈나 보다. 누구는 두고두고 보내고 싶지 않았나 보다. 어두운 이곳은 그의 보물창고였다.

〈세상은 생각대로 되지 않는다고 하지만 생각대로 되지 않는 건 정말 멋진 것 같아요
생각지도 못했던 일이 일어난다는 거니까요〉, 35×45, 2023

세상이 생각대로 되지 않는 건 멋진 일이다

"책만 읽는 거 별로 좋아하지 않아요. 책만 보는 사람이 늘어놓는 현학적인 단어들이 숨막히게 지겨울 때가 있어요."

나는 책방 주인 앞에서 이렇게 말하고 있었다. 책에서 읽은 것을 늘어놓으며 훈계하는 사람들을 좋아하지 않는다. 격에 맞지 않으면서 굉장한 옷을 입고 허세를 부리는 것 같다. 책만 주구장창 읽어 대는 사람을 힘없는 미식가라 여겼다. 책방 주인은 그런 나를 바라보며 웃기만 했다.

작년 이맘때쯤 지인들과 함께 간 식당에서 만난 사람은 자신을 책방 주인이라 소개했다. 진주 사람들은 그 책방을 진주의 역사라고 말한다. 고등학생 때 드나들었던 책방 주인과 중년이 되어 함께 차를 나누는 사이가 되었다.

이후 책방 문턱이 닳도록 드나들었다. 책방 꼭대기 층에 있는 그의 차방에서 내려지는 뜨거운 차를 마시는 일이 잦아졌다. 때론 가까운 지인들의 북토크를 응원하러 달려가기도 했다. 나는 사람을 만나러 책방으로 가고 있었다.

일 년쯤 지났을까, 책방 주인의 차방으로 올라가는 걸음이 조금씩 느려졌다. 생각 없이 앞만 보고 계단을 오르다 멈추어 옆을 바라보았을 때 책방 안의 풍경이 눈 아래로 들어왔다. 그 자리에 서서 한참을 응시했다.

서가에 살짝 기대서서 책을 넘기는 사람과 바닥에 앉아 고개 숙여 책을 읽는 아이, 엄마와 귓속말을 하며 눈빛을 나누는 어린 아이의 모습이 정지화면처럼 눈에 들어온다. 책장 사이에 앉아 있는 사람들이 모네의 그림 속에 등장하는 사람들보다 평화로워 보였다. 교복을 입은 여학생이 앳된 얼굴로 책 읽는 모습이 예뻐 보였다. 양복 차림의 중년 남자 손에 쥔 두꺼운 책 제목이 궁금해졌다.

사람들을 훔쳐보기 시작했다. 예쁜 여자가 뜨개질 책을 집어 들고 행복하게 웃는다. 성공전략이라는 굵은 글씨가 박힌 책장을 넘기는 남자의 눈빛이 빛났다. 머리가 벗겨진 중년 남자의 손에 들려 있는 사랑 에세이가 애달파 마음으로 그의 사랑을 빌었다. 취업을 준비하고 있을 청춘의 수험서와 자격증을 준비하려는 노년의 두꺼운 책을 보면서 그 도전을 응원했다.

지상의 색깔들이 다 모여 책표지를 장식하고 있었다. 이곳은 활자들의 소리 없는 향연이다. 불현듯 책 속에서 사람 냄새가 나기 시작했다. 방금 몸속에서 끄집어낸 식지 않은 심장과 뇌가 책에서 느껴졌다. 온통 사람의, 사람에 의한, 사람을 위한 몸부림이었다. 어른들은 자기가 살아온 인생이 소설책 몇 권은 쓸 거라 말하곤 한다. 책방은 그 소설 같은 인생들을 한곳에 묻어 놓은 평화로운 묘지와도 같았다. 책 무덤이 사람 무덤이라는 생각이 스친다.

책을 좋아하는 사람들과 인연이 엮이기 시작했고 마음이 힘들 때 가장 먼저 떠오른 곳이 책방이 되었다. 책으로 누군가와 조용히 이야기하고 싶어졌다. 수다스러운 친구보다 어느 작가의 한 줄 이야기가 위로가 되었다. 원하는 사람이나 꿈이나 사건까지도 마음대로 참여자가 되었다. 책은 언제든지 내 맘대로 누구든 소환할 수 있었다.

오늘은 빨강머리 앤을 만나고 싶어 서점에 갔다. 마음속에 복잡한 갈등이 휘몰아쳤기 때문이다. 앤이 나에게 말해 주었다.
"세상은 생각대로 되지 않는다고 하지만 생각대로 되지 않는 건 정말 멋진 것 같아요. 생각지도 못했던 일이 일어난다는 거니까요."

〈한결 같은〉, 35×45, 2023

초심이 흔들려야 나도 바뀌고 세상도 바뀐다

"그 사람 많이 변했어."

한 지인이 서운함이 잔뜩 묻어 있는 목소리로 어느 예술가를 얘기했다. 나는 그를 잘 알지 못하지만 그 사람의 초심이 사라져 버린 것에 몰래 박수를 보내고 싶다.

초심初心이라는 말을 좋아하지 않는다. 똑같은 것을 반복하는 것도 숨이 막혔고, 때로는 한결같음도 숨이 막혔다. 내 거실 벽에는 '초심'이라는 글씨를 걸었다. 남에게 초심을 바라지 않을 것이며, 남의 초심이 흔들렸다고 실망하지 않기 위해서다.

그 예술가는 누군가가 초대해 주는 것만으로도 행복했던 적이 있었다. 작은 무대지만 술 한 잔만으로도 행복했다. 덕분에 좋은 사람들을 만나게 되었고, 인연과 인연으로 더 큰 무대를 만들 수 있게 되었다. 세월이 흘러 그 예술가는 꽤 유명인이 되고 이곳저곳에 불려다니며 유명세를 치르고 있었다. 그는 부단히 노력했고 자기의 세상을 한껏 더 넓혀 가며 성장했다. 24시간을 48시간으로 만들며 몸의 고단함을 견뎌 냈다.

한결같은 '이 사람'이 변해 버렸다는 '그 사람'에게 예전처럼 같이 놀아 보자고 제안을 했다. 하지만 예술가는 바빴고 그 자리에 올 수 없었다. 괘씸한 생각이 들고 서운했기에 나에게 속마음을 털어놓았다.

사람은 변해야 한다. 변하지 않는 사람이 더 징그럽다. 예술가가 변하지 않는다는 건 성장하지 않는 거다. 한 자리에 나무처럼 버티고 서 있는 것도 멋지지만 변해 버린 그 예술가도 멋지다.

그를 진심으로 아꼈다면 그 사람이 성장해서 자기 길을 가도록 놔줘야 한다. 초심이 변했다고 서운해할 일이 아니다. 한때는 그를 격려하지 않았던가. 그는 아마 자기 세상에서 하루를 쪼개 가며 살고 있을 거다. 그의 곁에 새로운 사람이 있을 것이고, 그들을 돌아보기에도 하루해가 모자랄 것이다. 아주 훗날 그가 다시 찾아오면 한결같은 사람은 다시 곁을 내주면 된다.

우리는 사람이 변하는 것으로 상처를 받는다. 옷도 바꾸고, 머리 모양도 바꾸고, 전자기기도 바꾸기를 원한다. 다른 건 변하는 것을 좋아하면서 사람이 변하는 것은 힘들어한다. 하지만 초심이 흔들려야 나도 바뀌고 세상도 바뀐다.

〈담다〉, 35×45, 2023

내려놓는 연습

요즘은 먹고사는 일이 다급해 사색하고 철학하는 사람들이 드물다. 어느 날 시집을 읽다가 문득 이 시대는 시인만이 철학을 한다는 생각이 들었다. 사람이 살아 내면서 느끼고 깨닫는 것들을 명징한 언어로 포착해 내는 시인이 가까이 있는 철학자였다.

'내가 사는 것은 다만 잃은 것을 찾는 까닭입니다' 윤동주가 그랬고, '비를 몰아오는 동풍에 나부껴 풀은 눕고 드디어 울었다' 김수영이 그랬으며, '길가에 피어난 풀에게 묻는다. 나는 무엇을 위해 살았으며 또 무엇을 위해 살지 않았는가를' 류시화가 그랬다. '외로울 때 혼자서 부를 노래 있다는 것' 나태주가 그랬다. '그대와 나는 세계의 충분한 심장이다 삶이라는 직업을 그만둘 때까지' 박정대가 그랬다.

삶에 애정을 가지고 온몸으로 사색하는 사람들이 시인이었다. 이 시대는 시인이 철학을 하는 시대 같다.

섬진강이 내려다보이는 산중턱에 도시에서 오고가는 한 남자의 차방이 있다. 마음이 헛헛할 때 가끔 그곳을 찾는다. 가을이 가장 가을다울 때 가을 속을 달렸다.

지리산자락 하동으로 접어드니 올봄 어지러웠던 꽃 잔치 대신 찬란한 단풍이 훅하고 밀고 들어온다. 마을마다 주렁주렁 매달린 붉은 대봉감은 단풍보다 화려했고 까치밥처럼 남긴 매달림은 낙엽보다 쓸쓸했다.

산밑에 도착하여 그곳을 올려다보았다. 추사의 〈세한도〉가 떠올랐다. 소나무가 산세와 함께 하늘에 닿아 있었고 옹기종기 모여 있는 산마을에서 한 점 뚝 떨어져 나간 양지바른 쓸쓸한 집이다. 하지만 이 차방은 세상인심을 소나무와 잣나무로 그린 추사의 추운 심경을 비웃듯이 항상 찻물이 끓고 이야기가 흐른다. 잠시 시선을 창으로 두었더니 일찍 넘어가는 해가 서러운 듯 붉은 섬진강이 흐른다.

차를 마시며 밖을 내려다보았다. 평화롭게 눈을 지그시 내리깔아도 세상 풍경이 한눈에 들어온다. 눈에 힘이 풀리니 찻잔을 움켜쥐었던 손에서도 힘이 빠져나간다. 이곳으로 올라올 때만 하더라도 세상 이야기 잔뜩 품고 왔는데 그것조차 의미 없어져 버렸다. 그저 풍경을 가슴에 담고만 있었다.

차방 주인에게 주말에 이곳에 들어오면 무엇을 하며 지내시냐고 물었다. 작은 텃밭을 가꾸고 책을 읽고 차를 마시고 걷는다고 했다. 이곳은 그의 숨구멍이었다. 굳이 한 시간 정도를 차로 달려 회귀하듯 다시 고향동네에 와서 왜 숨구멍을 만드는지를 물었다. 일상을 잠시 잊고 멈출 수 없는 그의 쳇바퀴에 윤활유 같은 휴식을 주고 있었다. 그는 속도를 늦추거나 때로는 멈추어야 보이는 것이 있다는 것을 알만큼의 세월을 살아 냈다.

찻물 끓는 소리에 말없이 유리창 너머를 바라보니 산중턱 높은 이곳 뜰에는 오래된 감나무가 근경을 만들고 저 멀리 섬진강과 지리산자락이 원경을 만들어 준다. 저만치쯤 중거리 풍경이 사라져 잠시 현기증을 느꼈다.

가장 잘 볼 수 있을 것만 같은 저만치쯤이 보이지 않아 사람을 잃기도 하고 상처를 주기도 한다. 그때 내가 왜 그랬을까, 내가 그랬구나, 내가 그랬어야만 했나 되묻는다. 사람 일이란 게 눈꺼풀처럼 쉽게 내려지지 않는다. 산 아래 풍경을 내려다보며 내려놓기를 생각했다.

우리 사이에 아무 일도 없다

"주변 사람들을 몹시도 흔들어 놓는 것이 그 여자는 분명 소시오패스였어요. 그녀는 오히려 세상이 자기를 시기하고 가만히 두려 하질 않는다고 말해요. 그러고는 가장 불쌍하고 착한 얼굴로 눈물을 흘리며 사람을 해쳐요. 지금 이 순간에도 어딘가에서 낯빛을 바꿔가며 사람들을 현혹하고 있을 거예요"

몇 년 전, 전시 관련 일을 하는 여자를 알게 되었다. 인연이 닿아 전시를 함께 하게 되었고 이후 자주 만나며 우의를 다지기도 했다. 하지만 지낼수록 자꾸만 꼬이는 일들이 벌어졌고 결국에는 모든 것이 그 여자의 거짓말에서 시작된 걸 알게 되었다. 주변이 초토화되고 고요하던 일상들이 시장바닥처럼 시끄러워졌다. 화들짝 놀라 그 사람을 내쳐 버렸다.

강자에게는 밑바닥 비위까지 맞춰 주려 부지런했고, 약자에게는 눈꺼풀을 바닥까지 내리깔았다. 그녀는 달콤한 혀와 부드러운 얼굴로 내게 다가와 나의 눈을 멀게 하고 귀를 막았다. 그녀 주변에서 일어나는 일들을 전혀 알 수 없었다. 결국 모든 것이 들통나고 거짓말이 습관이 된 그녀를 가까이 두어서는 안 되겠다는 생각에 정신없이 내 일상에서 지워 버렸다.

내가 다정함에 남달리 흔들린다는 것을 안 것은 그리 오래되지 않았다. 그 다정함에 독이 있었다는 것을 알게 되는 경우가 종종 있다. 나는 감정의 소용돌이에 한없이 말려들곤 했다. 사람이 낯빛을 바꿔 잘해 주는데 내가 무슨 수로 알았겠느냐며 내 머리를 치게 된다.

무엇이 나를 가장 힘들게 하는가. 내가 사랑하는 사람을 누군가 해하려 하면 동공이 흔들렸다. 옳지 않은 것이 보이거나 귀에 들리면 참을 수 없는 미움이 앞선다. 하지만 소시오패스와의 사귐을 겪고부터 '내가 아는 것이 그 사람의 전부가 아닐 수 있겠구나.' '이득을 챙길 수 있는 나에게만 좋은 사람일 수 있겠구나.' '내가 좋지 않은 사람에게 날개를 달아 줄 수 있겠구나.'라는 생각을 하게 되었고 사람 사귐이 두려워졌다.

소시오패스를 만나건 싸이코패스를 만나건 또는 부처님 같은 사람을 만나건 모든 것이 살아가는 일이다. 만나지 말아야 하는 사람을 만나기도 하고 피하고 싶은 사람을 만나기도 한다. 그럴 때마다 숨을 크게 쉬고는 '얼음!' 하듯 모든 감각을 굳혀 버리는 법을 연습하곤 했다. 끓어오르는 분노의 수위를 조절하며 숨 한 번, 숨 두 번, 숨 세 번…… 세어 준다. 이렇게 참았던 숨이 다행이라는 생각이 들 때가 있다. 화는 나만 냈던 것이었지 상대방은 나의 화를 알아채지 못했다. 후에 만났을 때 민망하지 않게 된 경우가 종종 있었다.

사람을 겪을수록 이해하는 폭이 넓어질 거라 여겼다. 그것은 생각처럼 평화로운 일이 아니었다. 잘잘못에 대한 구분이 더욱 명확해지고 알아 가는 것들이 많아 피로감이 역습했다.

나는 머릿속으로 많은 사람에게 화를 내고 있었다. 하지만 '선생'이라는 호칭에 갇혀 입 밖으로 내기를 주저한다. 말을 삼켰다. 커다란 화 덩어리를 목구멍에서 힘껏 고정해 있다가 한순간 삼켜 버렸다. 말수가 줄어들었다. 쉽게 감정을 드러내지 않았다. 대신 가슴은 온통 방망이질이다. 머리로 세상의 모든 육두문자가 터져 나오고 살기까지 끓어오른다. 하룻밤 사이에 천당과 지옥을 오고가며 머릿속이 어지럽다.

주변 사람이 누군가 때문에 상처를 받고 하소연을 해왔다. 감정이입이 남다른 나는 밤새 혼자서 화가 났다. 잠을 설치다가 일어나 핸드폰을 열어 보니 밤사이 나를 힘들게 한 그는 어느 지인의 SNS에서 나의 안부를 묻고 있었다. 어젯밤 살인할 듯한 심정으로 그 사람을 지옥으로 여러 번 보냈었는데 미안한 생각이 들었다. 말을 삼키기를 잘했다. 입 밖으로 내보내지 않기를 잘했다. 세상은 아무 일 없이 돌아가고 있었고 나는 밤새 혼자서 몰아세우던 그 사람을 만나도 미안해하지 않아도 된다. 우리 사이에 아무 일도 없다.

〈숨〉, 35×45, 2023

참 쉬운 사람

얼음 사이로 채워지는 우유, 그 속을 파고드는 진한 에스프레소가 마블링처럼 곱다. 더운 계절이 오면 주저 없이 아이스 카페라테를 주문한다. 투명 컵에 채워지는 커피색을 욕심껏 볼 수 있는 계절이다.

나에게 커피는 향이 아니라 색이다. 우유에 커피 향이 간섭 받지 말아야 한다. 어느 정도의 색감을 가진 카페라테가 만들어질까 마음이 조급해진다. 긴 빨대를 밀어넣고 바닥까지 돌려 댔다. 우유와 커피가 하나가 된 색을 보았을 때 흡족한 미소를 짓는다. 우유가 더 들어가서도 안 되고 커피가 부족해서도 안 된다. 나에게는 다 똑같은 카페라테가 아니다. 미묘한 그 차이에 묘한 만족감이 오고간다. 때로는 투샷이 필요할 때가 종종 있다.

카페라테는 나에게 알코올이다. 카페라테를 마시면 정신이 몽

롱해지고 온몸에 힘이 빠지면서도 기분이 좋아진다. 카페라테에 취하면 행복 수치가 올라갔다. 몸이 비틀거리는 대신 마음이 비틀거리며 거리를 걷고 싶어진다.

카페라테는 나에게 진정제였다. 화가 났다가도 진정이 되고, 우울하다가도 언제 그랬냐는 듯 기분이 괜찮아진다. 카페라테를 마시고 있을 때와 그렇지 않을 때가 다르다며 조울증 환자 같다고 친구는 놀린다. 심각하다가도 별일이 아닌 듯이 풀어져 버렸다. 지인들은 나와 사소한 언쟁을 하다가 점점 사태가 심각해지면 뜬금없이 카페라테 한 잔을 내밀었다. 커피 한 잔으로 해결되는 참 쉬운 사람이라고 놀려 댔다.

카페라테는 떨림이다. 대중들 앞에서 글씨를 써야 하는 행사가 있었다. 함께 할 작가가 지각했고 나는 그에게 불같이 화를 냈다. 한동안 언짢은 기분을 삭이지 못하고 그대로 서 있었다. 옆에 있던 나의 오랜 친구가 까페라테 한 잔을 내밀었고 나는 순간 언제 화가 났었냐는 듯 순한 양처럼 작가를 응대하고 있었다.

카페라테를 마시고 손을 얼마나 떨었던지 그날 글씨 퍼포먼스는 아직까지도 생각하기 싫다. 친구는 서예가가 손을 떠는 일보다 흥분을 가라앉히는 것이 더 필요했다고 여겼을 것이다.

"집으로 들어올 때 카페라테 아이스로 하나 사다 줘."

남편과 아들이 밖에서 저녁밥을 먹고 있었다. 나는 집에 남아 그동안 밀린 작업을 해야 했고 비가 쏟아지는 날이라 어디로도 움직이고 싶지 않았다. 냉장고를 열었더니 영덕에 사는 지인이 보내 준 마른 오징어와 튀르키예 친구가 보내 준 말린 망고가 있었다. 하나 둘 먹다 보니 짜고 달았는지 점점 갈증이 나기 시작했다.

잠시 후 대문 밖에서 차 들어오는 소리가 들리고 아들이 먼저 집 안으로 들어섰다. 나는 부탁한 아이스 카페라테를 기다렸다. 5분, 10분, 20분이 다 되어 가는데도 남편은 안으로 들어오질 않았다.

뭐지? 핸드폰을 눌렀더니 "잠시만, 개밥 좀 주고 들어갈 테니 조금만 더 기다려 줘."라고 한다. 뭐라고, 지금 개밥을… 내가 당신의 개한테 밀린단 말인가. 아니, 커피를 아들 손에 들려 주고 개밥을 주면 되지 않는가! 갑자기 치솟는 화를 누를 수 없었다. 뭔 사달이 날 것 같은 예감이 들었는지 남편은 얼음이 다 녹은 카페라테를 들고 허겁지겁 집안으로 들어왔다.

"커피를 마시고 싶었지, 얼음물을 마시고 싶지 않았어!"

나는 큰소리로 말하고는 집을 나와 버렸다.

동네 입구 농협 주차장에 차를 세워 놓고 앉아 있었다. 장맛비가 억수같이 쏟아부었다. 차 유리창으로 세상은 온통 얼룩이 졌다. 캄캄한 세상에 신호등이 깜박거리고, 아파트 불빛이 차창으로 타고 내렸다. 금방 근처 커피점에서 사 온 아이스 카페라테를 마시며 나는 화가 가라앉기를 기다렸다.

그때 지인에게서 전화가 왔다. 지금 무엇을 하냐고 물었고, 나는 집을 뛰쳐나왔다 했다. 왜 나왔냐고 물었고, 아이스 까페라테 때문에 나왔다 했다. 얼음이 좀 녹아도 마시지 그랬냐고 했고, 나는 커피와 우유의 농도가 중요하지 커피와 우유와 물의 농도는 싫다고 했다. 기왕 나왔으니 다시 사서 들어가면 되지 않느냐고 했고, 나는 박차고 나온 폼이 무너진다고 했다. 겨우 동네 입구까지밖에 못 나갔냐 했고, 옷을 제대로 챙겨입지 못했다고 했다. 한 번 봐 주지 그랬냐고 했고, 나는 어딘가에 화를 내고 싶었다고 했다. 왜 화가 났냐고 했고, 장맛비가 계속되어 그렇다고 했다.

〈덤덤〉, 35×45, 2023

세상에서 가장 만만치 않은 사람

"엄마, 친구 한 놈이 너무 교회에 빠졌어. 자꾸 나보고 교회 같이 다니재."

"그래? 한번 가 봐."

"왜 그래야 하지? 엄마는 종교라는 것을 너무 쉽게 선택하도록 만드시네. 엄마는 늘 매사가 그런 식이야."

"무슨 일을 그리 어렵게 생각을 해? 넌 좀 쉽게 살 필요가 있어. 그냥 단순하게 생각하는 거야. 예쁜 여학생들을 볼 수 있어, 네 나이엔 그것도 중요하잖아. 첫사랑이 교회 오빠, 교회 동생으로 시작하기도 해."

"난 미술학원에서 여자 보는 걸로도 충분해. 충분히 예쁘고."

"너는 다다익선도 모르냐?"

"엄마는 종교를 그딴 데에다가 갖다붙여?"

"그럼, 네가 힘들 때 믿고 의지할 존재가 생기는 거니 한번 가

봐. 하나님을 형이라 생각하고 한번 살아 봐. 살면서 그런 존재 하나는 필요하잖아."

"무슨 소리야. 나는 나 자신을 가장 믿어. 내가 종교야."

"너무 위험한 생각 아니야? 자신이 종교인 사람은 자기에 빠져서 이기적이고 독선적으로 되는 거잖아."

"난 분명 독선적이지는 않을 거야. 한 번씩 엄마를 보면서 '아, 저러면 안 되겠구나' 하고 느끼거든. 엄마는 한 번씩 독선적이고 독단적이야."

"내 독선은 나 자신에 대한 독선이야. 남들이 긍정적 개인주의 자래. 사람이 때론 개인적일 필요는 있어. 자신에 대한 개인주의는 어찌 보면 자존감일 수 있거든."

"엄마는 그 자존감이 너무 강해. 하기사 그런 엄마라 사실 난 세상에서 믿는 게 딱 두 가지가 있어. 하나는 나 자신을 믿고, 다른 하나는 엄마이긴 하지."

"햐, 네가 나를 믿어?"

"어쩔 수 없이 요즘 점점 엄마를 믿게 돼. 뭐든 해결이 될 것 같고 내 안전을 가장 보장해 줄 수 있는 게 나 자신을 제외하곤 엄마라는 생각이 자꾸 들거든."

"야, 나도 나를 못 믿어. 내가 어디로 튈지 나도 몰라. 요즘 왜 자꾸 사람들이 나를 믿는다고들 하지?"

"나 말고 누가 또 그래?"

"응, 자꾸 사람들이 나를 믿어. 신망하는 건 감사하긴 한데 신앙하는 건 옳지 않아. 네가 나를 믿는 건 감사한데, 대신 십일조는 좀 내고 날 믿어 줘."

어린 자식이었던 아들이 어엿한 한 인간으로 내 앞에 서 있었다. 엄마가 바쁘게 성장하는 동안 아들도 저 혼자 어른이 되어 가고 있었다. 내 영역을 지켰듯이 아들의 영역을 지켜 주며 서로의 인생을 응원할 수 있는 적당한 거리를 익혀야만 했다.

아들을 태우고 운전하다 환한 표정으로 차창 밖을 쳐다보고 있는 아들에게 말을 던졌다. 햇살이 너무 눈부셔 그런 걸까, 먼 산이 너무 평화로워서 그런 걸까. 아들과 단 둘이 놀러가는 차 안에서 뜬금없이 든 생각이었다. 그저 평온하고 행복한 순간이었기 때문이다.

"아들아, 혹시 엄마가 내일 당장 죽더라도, 넌 절대 슬퍼하거나 힘들어하지는 마. 울지도 말고 그저 덤덤하게 받아들여라. 엄마가 가만히 생각해 보면 하고 싶은데 하지 않은 적도 없고, 할 수 있는데 못 해 본 것도 없어. 당당할 때는 너무 당당해서 욕도 실컷 먹어 봤고, 제멋대로라는 소리를 들으면서도 참지 않았다. 갖고 싶은 게 있음 그게 노력이든 뭐든 미뤄 본 적도 없지. 이런 걸 원도 한도 없다는 거야. 그러니 내가 지금 죽어도 너는 절대 슬퍼하지도 말고 눈물도 필요 없다."

"그럼요. 항상 엄마는 자기 감정대로 다 사시잖아요. 남 생각 전혀 안 하고 그걸 다른 말로는 지 맘대로 산다고 하는 거잖아요."

아들에게 난데없이 말을 던져 놓고는 혹여나 빠진 즐거움이 있었는지를 돌아보았다. 동시에 내가 무엇을 싫어했는지도. 이런저런 생각에 깊이 빠져들고 있었다. 그러고 보니 조금 전 누군가의 간섭이 매우 불쾌했다. 당부하는 말이라도 나는 그 당부를 듣는 순간 자유롭지 못할 경계를 느낀다.

참 지랄 맞은 성격이라는 것을 알면서도 공황장애처럼 답답함이 엄습한다. 불쾌한 일도 아니었는데 내 생각을 막는 것이라 격하게 인상을 쓴 것이 아닌가 여겼다. 어떤 때에는 사람이 귀찮을 때가 있었고, 시간을 맞추거나 의무처럼 주어지는 일에 격하게 숨이 멎었다. 매일매일 쳇바퀴처럼 도는 일상에 숨이 막히고 의무라고 내 앞에 던져지는 일상들이 지루해지기 시작했다. 그런 생각이 들 때 가끔 내 옆에 아들이 있었다.

"아들아, 엄마가 죽고 나면 무덤도 만들지 말고 납골당도 만들지 마라. 제사도 지내면 안 된다. 장담하건대, 저 위에서도 한량 같이 돌아다니면서 내 의지대로 지내고 있을 거야. 근데 일 년에 한 번씩 제사랍시고 그 날짜에 자꾸 이 지상으로 불러 내리면 내가 또 얼마나 예민해지겠냐. 날짜 맞춰서 꼬박꼬박 내려와야 하는 것도 내가 가장 싫어하는 짓일 테니, 다른 일에 빠져 있는데 불러 내리면 더 환장하지 않겠냐. 어휴, 생각만 해도 소름 돋아."

"아뇨. 절대 기대하시지 마세요. 엄마가 위에서까지 그러는 거 더는 못 보죠. 아시죠? 요즘 우리는 온갖 의미 부여하면서 기념일 챙기는 거? 돌아가신 지 100일 되는 날, 200일 되는 날, 300일 되는 날, 엄마 좋아하는 숫자가 두 개 붙은 날, 엄마가 좋아하는 계절이 시작되는 날, 날짜마다 의미란 의미는 다 붙여 가며 줄기차게 불러 내릴 테니, 어디 한번 두고 봐요. 거기에서까지 그렇게 자유로울 수 있나."

〈어쩌면〉, 35×45, 2023

굽은 길을 따라 흐르는 시절 인연

그의 집 앞을 지나간다. 한때는 문턱이 닳도록 드나들었다. 늦은 시간까지 아직 꺼지지 않은 불빛을 보면서 이젠 누구와 또 어떤 일상을 나누고 있을까 생각했다. 사업을 자식들에게 하나씩 맡기고 뒤로 물러나 여유로운 일상을 즐긴다는 소식을 전해 들었다.

차를 멈추어 들어갈까 하다가도 한참 동안 뻔한 안부를 주고받을 것이고, 오랫동안 보지 못한 그동안의 이야기를 구구절절 읊어야 할 거라 생각하니 마음이 게을러져 버렸다. 그보다 문득 생각이 나 들어오게 된 마음을 들키고 싶지 않았다.

핸드폰 카톡 대문 사진들을 손가락으로 올려 보았다. 여전히 자기 얼굴에 카메라 초점을 맞춰 가며 행복해하는 그녀가 있었고, 늘 혼자일 것만 같았던 사색가 남자는 가족사진 속에서 환하게 웃고 있었다. 여행지에서 가장 행복한 순간을 보냈을 친구가 보이고, 꽃을 좋아하던 그녀는 여전히 꽃 속에 파묻혀 소녀같이 먼 산을 바라보고 있다. 간혹 여전히 바뀌지 않는 대문 사진을 보면서 바쁘게 살고 있을 거라 여겼다.

모두 시절 인연이다. 아들의 유아기에는 함께 유모차를 끌고 다니던 친구가 곁에 있었고, 아들을 초등학교에 보내면서 학교를 함께 오가며 수다스럽던 시절의 엄마들도 있었다. 공부할 때는 서울로 오르내리며 일상의 반을 함께 나누던 대학원 동문이 있었고, 서예가로 살면서도 수많은 인연을 만나기도 하였다. 제자라는 이름으로, 선생이라는 이름으로, 이웃이라는 이름으로, 지인이라는 이름으로 살아왔다. 그 시절 인연으로 여기까지 왔다.

어떤 인연은 뜸해지고 어떤 인연은 잊힌다. 가끔 나의 무심함에 놀라 다시 찾게 되면 그다지 즐겁지 않았다. 내가 어떻게 지내고 있었는지를 설명해야 했고, 그때의 나와 지금의 내가 얼마만큼 변했는지 말해야 했다. 늘어놓는 동안 진이 빠졌다.
우리는 각자 다시 새로운 시절 인연들을 만든다. 돌아보니 시절 인연은 일생에 빚이기도 하다. 그들이 있었기에 내가 있었다.

내몽골 초원을 자동차로 달린 적이 있었다. 소실점을 향해 끝없이 곧은길을 달렸다. 지평선 외에는 아무것도 보이지 않았다. 초원을 달리면서 처음에는 무척 경이로워 환호성을 질러 댔다. 점점 지루해졌다. 언제 닿을지 모르는 끝을 향해 달리고 달려도 항상 그 자리였다. 푸른 화면만 몇 시간 동안 꼼짝없이 감상하고 있었다. 곧은길을 달린 이후 굽은 길을 더 사랑하게 되었다.

돌고 돌아 휘어진 길이 옴니버스 영화 같아 좋았다. 모퉁이를 돌아서면 수양버들 늘어진 저수지가 나오고, 또다시 모퉁이를 돌면 흐드러지게 핀 들꽃이 보였다. 운이 좋으면 할미꽃이 고개 숙인 양지바른 언덕도 나온다. 돌아서면 빛바랜 지붕이 어깨를 맞대고 있는 정겨운 마을도 보였다. 주인공이 자꾸만 바뀌는 굽은 길이 좋았다.

굽은 길은 참 모호하다. 돌아서면 그 길이 알 길 없어 두렵기도 하고, 휘어져 돌아 나오는 그 길이 정겹기도 했다. 길을 돌아섰을 때 새로운 기대감에 불안하기도 하고 흥분하기도 했다. 그렇다고 내가 모험심이 있는 것은 아니다. 굽은 길을 돌면서 조금씩 눈앞에서 펼쳐지는 풍경이 심심치 않게 궁금해졌다.

인생을 계획대로 살지 않았다. 구체적인 계획을 세우지 않았다. 순간순간 일어나는 우연이 내 일생을 더 많이 흔들어 놓았기 때문이다. 굽은 길은 나에게 일어났던 수많은 우연을 닮았다. 내

집 창 너머로 돌아 들어오는 굽은 길이 보인다. 큰 소나무가 서 있는 그 길을 '어쩌면 길'이라 부른다.

어쩌면, 저 아래 아파트에 사는 동갑내기 친구가 얼마 전부터 배우기 시작한 자전거를 타고 비틀비틀 핸들을 흔들어 대며 저 굽은 길을 들어설지도 모른다.

어쩌면, 오랫동안 소식이 끊긴 그리웠던 사람이 꽃다발 한 아름 안고서 살며시 걸어오고 있을지도 모른다.

어쩌면, 낯선 사람이 한 번도 와 보지 않았을 새로운 길로 들어서 조심스럽게 이곳을 바라보고 있을지도 모른다.

어쩌면, 저 굽은 길은 희망을 주기도 하고 다가올 낯설음에 기대를 주기도 했다.

나의 '어쩌면 길'은 소원을 빌고 있는 정화수 같은 그런 길일지도 모른다고 생각했다.

어쩌면 굽은 길은 터벅터벅 걸어가고 있는 오롯이 나였을지도 모른다.

서예가와 성직자

한국에서는 서예書藝, 중국은 서법書法이라 하고 일본에서는 서도書道라 한다. 법과 도는 정신이다. 서예는 정신이 깃든 예술의 영역으로 예로부터 많은 사람의 사랑을 받아 왔다. 이후 서예는 정신 수양의 목적과 마음 고르기에 더없이 좋은 취미생활이 되었다. 그 정신이 많이 희박해지기는 했지만, 여전히 서예가라 하면 과분하게 대접을 받기도 한다. 서예가로 살면서 사람들에게 많은 애정을 받았다. 받는 것만큼 당연히 다른 불편함도 있으니 조심스럽고 시끄럽지 말아야 한다는 것, 서예가를 향한 선입견이었다.

하지만 나는 화가 치밀어 오를 때 "나는 인격이라고는 1도 없으니……"로 시작하기도 하고, 누군가 나를 칭찬할 때도 "저는 인격이 1도 없사옵니다만……"이라고 농을 던지며 어색함을 누그러뜨린다. 사람들은 나를 마주하면서 서예가라는 낙인을 찍고 나의 글씨를 상상했다. 때로는 이것을 즐기기도 하고 때로는 숨어버리기도 한다. 서예가로서 산다는 것은 흥미진진하다.

글씨 예술인 서예가 매력적인 건 인간의 모든 감각을 붓으로 표현할 수 있다는 것이다. 보통 내가 좋아하는 글귀를 쓰고 내가 바라는 바를 쓰는데 이 행위는 무언가를 염원하는 것이다. 바라고 희망하는 것이 일상이 되었다.

그런 면에서 서예가는 성직자와 같다. 주기도문을 외우고 염불을 외며 바라는 것처럼 서예가는 끝없이 무언가를 쓰며 마음속으로 바라고 있다. 쓴다는 것은 왼다는 것이다. 한 문장을 쓰는 동안 나는 그것을 서너 번은 외고 있다. 아름다운 시를 쓰기도 하고 선인의 명구를 쓴다. 벽에 걸어 놓고 늘 바라보게 될 글을 쓴다.

글씨는 나의 종교다. 어떻게 살아야 할지를 쓰고 어떻게 살아가라고 쓴다. 끝없는 축복을 글씨로 써 내려간다. 붓끝에 기운을 넣고 에너지를 모은다. 이것은 실로 주술행위가 아닐 수 없다. 나는 희망한다. 내가 쓰는 글씨다운 사람이 되기를.

〈마음 고르기〉, 35×45, 2023

뜨거운 심장을 쥔 듯 두근거리는 것

습관처럼 가는 그곳에서는 항상 차를 내놓는다. 무쇠 주전자에
서는 찻물이 끓고 그 뾰족한 주둥이에서 나오는 김은 치열했다.
큰 테이블에 길게 늘어져 있는 타국의 잔들이 어른의 소꿉놀이
같다. 식도를 타고 내려가는 뜨거운 차를 마시니 몸에서 바로 반
응이 온다. 참 묘하게 기분 좋은 온도였다. 차향보다 몸의 온도에
매료되어 차를 마시고 있었다.

집으로 돌아와 오랫동안 묵혀 두었던 차 도구를 꺼내 바닥에
늘어놓고는 한때 줄기차게 다녔던 도공의 가마를 생각했다. 앨
범에 들어 있는 사진만이 추억이 아니라 물건도 추억이다. 불현
듯 새로운 소꿉놀이를 하고 싶었고, 누군가의 손에 이끌려 차 도
구 가게로 들어섰다. 온통 중국 냄새로 짙은 그곳에서 오래전 중
국 산동성에서 보냈던 한여름의 기억과 함께 뜨거운 보이차를
마시며 다시 그 차가 그리워졌다.

선물 받은 새 찻잔과 새 다관을 끓는 물에 소독했다. 뜨겁게 삶아진 찻잔을 집게로 꺼내 하얀 면포로 물기를 닦아 내니 손바닥에서부터 느껴져 오는 온도가 따뜻한 심장을 쥔 듯 두근거렸다. 다시 시작된 차 도구들이다. 나 홀로 데워진 찻잔을 닦는다. 다시 차 테이블을 만들고 그 위에 차 도구를 차려놓고 나의 공간에서도 찻물이 끓는다. 음악이 흐르고 이야기가 있고 사람이 있다. 다시 시작된 흥분을 전하고 싶어 감사하다는 어색한 인사말을 던졌더니 그는 한마디를 던졌다.

"차를 함께 즐길 수 있는 차 친구가 생겨서 제가 더 기쁘지요."

그 말이 내내 귓전에서 떠나지 않는다. 차 친구가 어느 정도까지 두터워지는지 두고 볼 일이다.

혼자만의 시간에 책을 읽으며 작가와 대화를 나누곤 했다. 세상에서 가장 은밀한 대화였다. 책을 읽는다는 건 홀로 있을 때 가능한 일이다. 고독해야만 가질 수 있는 시간이다. 그 시간들이 나를 성장시켰다. 외롭게 견뎠던 시간이나 마음에 맞는 누군가를 만나 편안하게 속 깊은 대화를 나누고 싶은 시간에 책이 있었다. 이제 독자들이 이 책을 통해 얼마나 나와 가까워질지 두렵기도 하고 설레기도 한다. 당신과 내가 얼마나 가까워질지 두고 볼 일이다.

인격예술

초판 1쇄 펴냄 2023년 6월 7일

지은이 윤영미
펴낸이 이영은
교정 오재정
디자인 여상우
작품사진 김성헌
홍보마케팅 김소망
제작 제이오

펴낸곳 나비클럽
출판등록 2017. 7. 4. 제25100-2017-0000054호
주소 서울특별시 마포구 동교로22길 49 2층
전화 070-7722-3751 팩스 02-6008-3745
메일 nabiclub17@gmail.com
홈페이지 www.nabiclub.net
페이스북 @nabiclub
인스타그램. @nabiclub

ISBN 979-11-91029-72-7 03810